シークレット・プレジデント
麗しのVIPに溺愛されてます

玉紀 直

✦

Illustration
八千代ハル

シークレット・プレジデント
麗しのＶＩＰに溺愛されてます

c o n t e n t s

プロローグ

「嘘《うそ》……信じられない……。また会えるなんて……」

彼《か》の人は、懐かしそうに、嬉《うれ》しそうに、彼女、兵藤杏奈《ひょうどうあんな》を見つめた。

ミラーサングラスをかけていたので実際に見つめてくれていたのかは不明だが、発せられた声から杏奈との再会を喜んでいるのだと察することはできた。

成田《なりた》国際空港、第一コンコース。到着ロビーに立ちすくみ、杏奈は息を弾《はず》ませる。

彼の人を凝視したまま固まった彼女は、見た目、再会の喜びに歓喜するあまり呼吸が震えているのだと思えなくもない。

だが実際は、出迎えに際し北ウイングと南ウイングを間違えていたと到着の直前で気づき、慌てて全力疾走してきたので息がきれているのだ。

信じられないと言われたが、その百倍、いや千倍くらい信じられないのは杏奈のほうである。

彼の人を見た瞬間、心は躍《おど》った。

――彼女だ……！　と……。

ショートトレンチコートを軽く羽織った長身。サングラスをかけてもなお映える見目麗しい相貌。そしてなによりも目立つのは、腰にまで届くレッドグラデーションカラーのストレートヘアだ。

ボディガードやお付きの男たちを従えて歩く姿は近寄りがたい麗しさであふれていて、王様、いや、女神のような神々《こうごう》しさを感じさせる。

間違いない。彼の人は半年前、一週間寝食をともにし、予期せぬ胸のときめきを杏奈に与えて別れた彼女、恩田《おんだ》ハルだ。

……だが、杏奈が驚いたのは再会に対してだけではない。

なぜ、ハルがこの場に現れたのかが疑問なのだ。

杏奈が出迎えの挨拶をするべく待っていたのは〝男〟であるはずだ。

「そんなに息をきらせて興奮しなくても。アタシだって大興奮だったよ。まさかとは思ったけど、出迎えが杏奈だったなんて……。やっぱりアタシたち運命で結ばれているのかな～」

案の定、息が荒い原因を誤解されてしまっている。おまけにサングラスを外した殺されそうなほどに美麗すぎる顔面が、いつの間にやら目の前まで迫っていた。

相変わらず、見つめられていると魔法にかけられてしまいそうな瞳だ。

一見黒い瞳に見えるのに、ずっと見つめていると深い海の蒼《あお》に変わる。長いまつげに飾られる双眸《そうぼう》は、まるで作り物のよう。

いや、顔面そのものがビスクドールと間違えそうなほどに艶《あで》やかで美しいのだ。

「……ハル……さん？　……ですか？」

「ん～？　この顔が他の誰に見えるっていうの？　似てる人でもいた？　アタシは、杏奈のかわいい顔を見間違えたりしないよ？」

かわいい……なんて、ハルに言われるととんでもなく照れてしまう。両頬《ほお》を彼の手で挟まれ、柔らかく動く指の感触に頬の温度は一気に上がった。

（ハルさん……相変わらず素敵……）

……しかし……。

ここでうっとりしていてはいけないのだ。ここは空港。周囲にはハルのボディガードもいれば付き人もいる。おまけに通行人は当然のようにハルを目で追って眺めていく。

見惚《みと》れすぎてだらしなくなる顔を、公衆の面前にさらしている場合ではない。

だいいち、杏奈は再会を喜びにきたのではない。仕事でここへ来たのだ。

多彩な起業家にしてカメラマンの、ヴィスナー氏を出迎え、挨拶をするために……。

「あ……の……、ハルさん？」

「なぁに？　杏奈」

……なんて……甘い声なんだろう。

優しいのに力強くて。聞いているだけで耳から蕩《とろ》けそう。

ハルに性別を尋ねたことなどなかった。疑うことなく女性だと思いこんでいたのは、この中性的な美しさと、そして、アタシ口調だ。

（……って、声に聞き惚《ぼ》れてる場合じゃないって！）

我に返り、杏奈はキッとハルを見据える。なにか言おうとしたのを察したハルにフワッと微笑《ほほえ》まれ、布地がたゆむがごとく気が抜けた。

（駄目ぇっ！　しっかりしろ、わたしっ！）

心の中で三発ほど自分に腹パンし、杏奈は必死に言葉を出す。

「わ……わた、わたし、ヴィスナー氏をお出迎えにきたんですけど、ハルさんが、ヴィスナー氏……なんですか？　本当に？」

「そう。でもね、それは昔使っていた名前。ここ何年も〝恩田ハル〟で通してるのに。ちょっと杏奈、リサーチ不足なんじゃない？」

「す、すみません……」

頭を下げようとするが、頬を固定されていて顔が動かない。やんわり触れているようで、結構な力強さである。

「……ヴィスナー氏は……男性だとお聞きしていて……」

「そうだけど？」

「……ハルさんが、ヴィスナー氏なら、ハルさんは男性……ということで……」

「当然でしょ？」

（いや、そんなアッサリ言い返さないでください！）

杏奈は心の中でツッコみつつも、なるべく平静を装う。その実、心臓は駆け足状態だ。

「ハルさんが……男性だとは思っていなくて……」

「言わなかったしね。ガッカリした？」

ガッカリ……。そんな感情はない。この驚きにはきっと、ハルが男性だったことに安堵《あんど》する気持ちが隠されている。

「そんなことはないです。……かえって、ちゃんとハルさんを知れてよかった……」

「杏奈……」

「わたし……、ほんとに、ハルさんに会いたくて……。忘れられなかったんです……。いつも思いだしては勇気づけられていて……」

会えて嬉しい。その気持ちを口にしようとしているだけなのに、杏奈はだんだん恥ずかしくなってくる。

ハルが男性だったのだと思うと、なんとなく告白をしている気分になるのだ。

（どうしよう……恥ずかしい……）

言葉が止まってしまった杏奈の頬で、ハルの指がなめらかに動く。その感触に小さく身体が震えた次の瞬間……。

「アタシも、会いたかった」

――ハルの唇が、重なってきた……。

こんな場所で……。しかもハルが男だとシッカリわかってしまった直後に……。

（ハルさんんんっ！　ここでそれはぁぁぁっ‼）

心ではおおいに動揺しつつも、それでも杏奈は拒めない。

まさか衝撃的な真実込みで、ハルと再会するとは……。

半年前、杏奈の心に強烈で刺激的な一週間の思い出を刻みつけた人。

ニューヨークで出会った〝彼女〟と――――。

第一章　出会いと別れ、衝撃的すぎる再会

「ちょっとぉ、いやがる女の子になにしてくれてんのよぉ」

その声が聞こえた瞬間、兵藤杏奈のフェードアウトしかかっていた意識は瞬時に覚醒し、強制的に現実へ引き戻された。

声、というよりは言葉だ。久々に流暢《りゅうちょう》な日本語が聞けた気がして、本当に泣きだしてしまいそうなほど胸が熱くなったのである。

泣きたかったのは先程から、いや、この国に到着したときからずっとだ。

大学を卒業して入社した広告企業。TOEFL《トフル》の保持得点が上司よりも高いということで、入社半年にして初めての海外出張を命じられた。

それも、一人で……。

無茶《むちゃ》な仕事を与えられた理由はわかっていたが、「ひとりでは無理です」と泣き叫んで上司の加虐癖《かぎゃくへき》を満足させてやるのもいやだった。

なんとかなる、いや、なんとかしよう。泣きたいのを堪《こら》えてやってきたニューヨーク。滞在用に予約したはずのホテルがとれていないというトラブルに遭遇し、さらに泣きたくなった。

会社に連絡しようにも時差を考えるとできない。ニューヨークは午後三時でも、日本はまだ早朝だ。ひとまず自分でホテルを探してみよう。そう決心したとき、声をかけられた。

旅行者にホテルを斡旋《あっせん》してくれるという、身なりのいい優しそうな女性だ。わかりやすい英語で話しかけてくれたので、杏奈もなんとなく安心して簡潔に事情を話した。

ビジネスならすぐに部屋を用意してもらえる場所があると言われ、女性についていったのだが……。

気がつくと人けのない行き止まりの路地へ連れていかれ、そこにいた、現地の人間と思われる三人の男たちに囲まれた。

恐ろしく体格のいい、大きな男たちだ。周囲に立たれると高い壁に囲まれた錯覚に陥る。とっさに自分の中で危険信号が最大のスピードで点滅するも、時すでに遅し……。

荷物を取り上げられ、地面に押さえつけられて、刃物で服を切り裂かれた。恐怖心から大声で叫び暴れようとしたが、顔全体をおおわれてしまいそうな大きく武骨《ぶこつ》な手で口と鼻をふさがれ、目の前にナイフを突きつけられたのだ。

冷や汗が噴き出し、思考がストップする。よくレイプ事件などで「必死に抵抗すれば逃げられたはずだ」などという意見を見聞きするが、……逃げられるはずがない……。少しでも抵抗すれば、間違いなく殺されるだろうということが直感でわかるのだ。

ここで人生終わりなのか。

考えてみれば、男という生き物にいやな思いばかりさせられた人生だった。

これからもこんなことばかりが続くなら……もういい。このまま いっそ殺してくれ……。──投げやりな思考でいっぱいになりかかった、そのとき……。

目の前のナイフと、声ではなく息の根を止めようとしているとしか思えないほど強く押しつけられていた手が、離れたのだ。

「ちょっとぉ、いやがる女の子になにしてくれてんのよぉ」

動けない杏奈の耳に入ってきたのは、懐かしさに涙が出そうなほど流暢《りゅうちょう》な日本語、早口すぎて聞き取りづらい男たちの口汚い叫び声。

そして……なにかを激しく殴る音が続き、ぶつかる音や倒れる音、……慌てて逃げる、複数の足音。

足音が遠ざかり、大きく息を吐く気配を感じて杏奈はかすかに顔を動かす。涙が溜《た》まりぼやける視界に映ったのは、……風のように流れる……赤い色……。

（わたし……助かったの……？）

ぼんやりと思った瞬間、張り詰めていた糸が切れる。薄っすらと開いていたまぶたが閉じ、全身の力が抜けた。

すると、いきなり強い力で抱き起こされたのである。

「ちょっ！　あなたっ！　ちょっと、大丈夫⁉　生きてるの⁉　しっかりして！」

ガクガクガクと揺さぶられ、否《いや》でも応《おう》でもまぶたが開く。すぐ視界に飛びこんできたのは……。

（……人形⁉）

「なにか薬でも使われた？　大丈夫？　アタシのこと見えてる⁉」

──いや、人間だ。口が動いて声を発している。

人形かと見間違うくらい綺麗《きれい》な……いや、美しいという言葉が限りなく似合う、女性だ。

（本当に……人間？）

特に化粧でごまかしているようにも見えない。そもそも化粧などしていないのではないか。

ただでさえ綺麗なのに、サイドから分けられたワンレンのストレートヘアは赤系のグラデーション。そのせいで顔がよけいに華やかに見える。

……新人類に出会った気分だ。

「もう大丈夫だよ。あいつらは追い払ったからね。こんなかわいい子に悪さしようとするなんて……、やっぱり全員ひん剥《む》いてむしり取ってやればよかった」

（……ナニをですか……？）

深く追及するとゾッとしそうだ。それを考えるより、杏奈は一番気になったことを口にした。

「……あの……日本の方……なんですか？」

杏奈が口を動かしたのでホッとしたのかもしれない。彼女はふわりと微笑む。

（うわぁ……、綺麗……）

これがまた、大輪《たいりん》の花のような美しさだ。

「うん、そう。仕事で来ているんだけど、車の中からあなたを見かけてね。スーツケースを持っていたし、どう見ても観光客狙いだなって女に連れられていたから、これはまずいと思って慌てて追いかけてきたの。案の定だったけど」

ホテルの前で途方に暮れていた杏奈に声をかけてくれた女性は、丁寧で優しそうな人だった。真剣に話を聞いて心配してくれて、力になるからと元気づけてくれて、なんていい人に出会えたのだろうと思ったのに。どうやら違ったらしい。

見る人が見れば、他国から来ているカモ狙いだとわかるのだろう。

男性に声をかけられたのなら、いくら丁寧でも警戒したのだろう。女性だったのでなにも疑わず警戒もしていなかった。

……疑うもなにも、異国の地で、下手をすれば野宿になる危機だったのだ。声をかけてもらえて天の助けくらいの気持ちだった。

ここは日本じゃない。普段以上に警戒心を持って行動しなくてはならないという心構えを持って入国したはずだった。

だが、周章狼狽《しゅうしょうろうばい》のあげく気持ちも状況も追い詰められたとき、目の前にぶら下がった助けにすがってしまうものではないだろうか。

「ホテル……、会社のほうでとってくれていたはずなんですけど、とれていなくて……。どうしようって動揺しちゃって……。そうしたら、すぐ泊まれるホテルがあるからって声をかけられて……。馬鹿ですよね……すみません……」

説明するうちに恥ずかしくなってくる。観光客狙いのグループを見抜ける人からすれば、警戒心のない馬鹿な女だと思われているだろう。

「入社して半年で……初めての海外出張で……。会社にはまだ連絡ができる時間じゃないし……。ひとりっきりだし……、もぅ、どうしたらいいか……」

だんだん視線が下がり、泣き声になってくる。情けなくて堪《たま》らない。

じわぁ……と涙が浮かんできたとき、ゆっくりと頭を撫《な》でられた。

「怖かったね」

撫でる手は優しくて、でも力強くて。女性の手としては少し大きめかもしれない。

見た目、彼女は背が高そうだ。おまけに先程の男たちを追い払えたくらい力強いのなら、護身術かなにかを習得しているのかもしれない。

そう考えれば、手が大きめでも力強さを感じても納得がいく。

「馬鹿なんかじゃないよ。あなたは悪くない。騙《だま》されて乱暴されかかったのに、自分が悪いなんて考えちゃ駄目。でも……取り返しのつかないことにならなくて、よかった」

……涙が出た……。

絶体絶命のピンチを助けてもらったのだから、ちゃんとお礼を言って「もう大丈夫です」と笑顔を見せるべきだ。そうすれば彼女だって、助けた甲斐《かい》があった、元気になったと安心して喜んでくれるのではないか。

それなのに、できない。おまけに彼女が怖かった気持ちに同調してくれたおかげで甘えが生まれ、涙が止まらない。

目元に柔らかな布があてられる。彼女がハンカチを貸してくれたようだ。

ハンカチを杏奈に持たせ、彼女は自分のコートを脱いで羽織らせてくれた。

「そのままじゃ歩けないでしょう？」

「あ……」

自分の姿を確認して、その意味を悟る。服を切り裂かれた覚えはあったが、どの程度かまで考える余裕がなかった。

飛行機で約十二時間の長旅だ。疲れないスタイルで、且《か》つ仕事なのだからだらしなく見えない服装を心掛けた……のだが。

おとなしめのフレアスカートも、柔らかなロングカーディガンやカットソーも……。

「……ボロボロですね……」

苦笑いとともに漏れる呟《つぶや》きは、情けなさと恥ずかしさでいっぱいだ。

すべて切り裂かれてズタズタなうえ、ひとつにまとめていたはずのセミロングはシュシュが外れ、ぐちゃぐちゃに乱れている。

ゴミが散乱し、お世辞にも綺麗とはいえない路地の地面に押さえつけられていたのだから当然だ。今の自分はどれだけ惨めな姿なのだろうと思うと、また涙が出そうになる。

「立てる？」

彼女が杏奈の腕をとり、ゆっくりと立たせてくれた。

「あなた、名前は？」

「……ぁ、兵藤……杏奈です」

「OK杏奈。じゃあ、あなた、アタシのところにきなさい」

「は？」

半泣きの顔にハンカチをあてたまま、杏奈は彼女を見る。にっこりと微笑む表情にドキリとした次の瞬間、美麗すぎるドールフェイスが目の前に迫り、さらに鼓動が飛び跳ねた。

「会社と連絡がとれるまででも、出張のあいだずっとでも、アタシのところにいるといいよ。アタシもニューヨークには仕事で来ているんだけど、ここから三十分もかからないホテルに滞在しているから」

「でも、会ったばかりの方に……」

「異国の地で日本人同士なんだし。遠慮しないの」

あ……やっぱり日本人で間違いないんだ……。それを知ってさらにホッとしてしまったのは、もしかしたら違う国の人なのでは……。という予感もしたからだ。

「乗りかかった船だし、困っていたら放っておけないよ」

「ですが……」

お礼を言っただけでは済まないくらいの恩があるというのに。そこまで甘えるわけにはいかない。申し訳なさすぎる。

杏奈は恐縮しつつ口にしたのだが、彼女は杏奈の髪を撫で困った声を出した。

「ん～……、そうかぁ、そうだよねぇ……、異国の地で、会ったばかりの人間についておいでって言われたって、安心なんかできないよね。いやな目に遭《あ》ったばかりなのに。……アタシもちょっと考えなしだったかな。ごめんね」

「えっ……いや、ちが、違うんです……、そういうわけではっ。貴女《あなた》には助けていただきましたし、信用していますっ」

「じゃあ、くる？」

「はいっ。……ぁ」

勢いづいて返事をしてから、ハッとハンカチで口を押さえる。

図々しくはないだろうかと戸惑いが走るものの、彼女にポンポンと優しく背中を叩《たた》かれ、スッ……と気持ちが楽になった。

この人には、甘えてもいい。……そう思える。

「歩ける？」

「……はい、大丈夫です」

「通りの外に車を待たせてあるから、行こう」

背中に手を添えられ、杏奈はうながされるままに足を進める。彼女が貸してくれたコートは膝まで丈があり、前を閉じて押さえていればボロボロの服を隠すことができた。

しっかりとした作りなのに、軽くて肌触りがいい。それに、とてもいい香りがする。おのずと上等な品なのだろうことがわかった。

「アタシは恩田ハル。いろいろ仕事はしているけど、一応、写真家。……カメラマン、って言ったほうがわかりやすいかな？」

「カメラマン……？　撮るほうなんですか？　撮られるほうが似合いそうですね」

「そう？　でも、撮られるのはちょっと苦手かな」

「そうなんですか。……すみません、あまりにお綺麗だから……」

「謝らないで。綺麗なんて褒めてもらえて嬉しいよ、ありがとう」

背中をポンポンと叩かれる。迷惑をかけてしまったという気持ちが大きいせいか、彼女の嬉しいという言葉に安堵感《あんどかん》が生まれた。

路地から抜けて大きな通りに出ると、ずいぶんと豪華な車が停《と》まっている。磨き上げられた白い車体、通常の車よりもはるかに長い。これは……。

（リムジン……っていうやつなんじゃない……？）

実物は初めて見る。それほど車や人の通りが多い道ではないせいか、通行人が物珍しげに眺め、子どもが周囲を走り回って親に注意されていた。

運転席のドアが開き、黒いスーツ姿の青年が降り立つ。スラリとした長身に黒髪。サングラスをかけてはいるが、肌の色や雰囲気から、この青年は日本人だろうとすぐに思えた。

彼は今出てきた路地を指で示し、ハルに声をかける。

「ハルさん、そこから湧いてきた連中、たたんで捨てておきましたから」

「ありがと、クローバー。あんたに直接手を下してもらえるなんて、もったいないくらいだね」

「ドス一本で余裕です。あんなゲスども、さわりたくもない」

「らしいわぁ。ちょっと見てみたかったなぁ」

ハルは楽しげに笑うが、杏奈は青年に近づくにつれ歩調が遅くなり、車の前に立ったときにはハルのうしろに隠れてしまっていた。

「杏奈？」

不思議そうに杏奈を振り返ったハルだが、すぐにその理由に気づいたようだ。身体をひねってぽんぽんと杏奈の頭を叩く。

「大丈夫。彼はクローバーっていって、アタシのボディガードだよ。ちょっと雑で怖そうに見えるけど、真面目で強くて頼れる男だから安心して。さっきのロクデナシども、コテンパンにやっつけてくれたってさ。よかったね」

「は……はい……」

杏奈はクローバーと呼ばれた青年をチラリと見て、言葉が出ないまま頭を下げる。日本人だと思ったが、名前を聞く限り違うのだろうか。しかしハルとは日本語で会話をしている。

「クローバー、この子、アタシのところに連れていくから」

「目的は?」

「とりあえずは、保護、かなぁ。見てのとおり日本の女の子で、ニューヨークへは仕事で来たらしいんだけど、……入社半年の女の子を一人で異国に放り出すなんて、ひどくない? 普通の神経ならそんなことしないし、できないよな~、って思ってさ」

どことなく意味ありげな口調が混じってドキリとする。「なるほど」と相槌《あいづち》を打ったクローバーもなにかを悟った様子で、杏奈は一人気まずさを感じた。

ハルにうながされて車に乗りこむ。コートを借りているとはいえ、こんな姿で座ってもいいのかと悩ましくなる豪華なソファシートだ。

どうしたらいいかと固まっていると、ハルにちょんっと身体を押され、呆気《あっけ》なく腰が落ちた。

「杏奈、歳《とし》はいくつ?」

「……二十三歳です……」

「きゃー、かわいいからもっと若いかと思っちゃった。肌とか綺麗だよねぇ。ガチガチのメイクってわけでもないのに。もともと?」

「は、はい、……たぶん」

照れる……。

こんな綺麗な人に「かわいい」と言われるのが、とんでもなく照れくさい。……けれど、いやな気持ちにはならなかった。

「アルコールは大丈夫？　無理ならレモネードでも作ってあげる。喉が渇いたでしょう？」

長く伸びたソファシートの前には、車内とは思えない設備がある。テレビモニターが三台、グラスが吊《つ》り下《さ》げられた一角はライトに照らされ、アイスクーラーやシャンパンクーラーの設備もあり、当然のようにボトルが入っている。おまけにカットフルーツが盛られた皿までのっていて、車内には瑞々《みずみず》しい甘い香りが漂っていた。

(待って！　本当にわたし、こんな場所にいていいの⁉)

漂《ただよ》うセレブ感。いや、異世界感。写真家だと言っていたが、本当にそれだけなのだろうか。

困惑するあまり言葉が出ない。すると、目の前にグラスが差し出された。

「はいどうぞ。美味《おい》しいよ」

「あ……すみま、せん……」

気泡《きほう》が弾《はじ》ける液体が入ったグラスからは、甘いレモンの香りがする。それがとんでもなく扇情的で、杏奈はじゅわっと口の中に溜まった唾液をごくりと呑《の》みこんだ。

グラスを受け取り、液体を口に含む。ソーダの爽快感とレモンの爽やかさ、そこに優しい甘みが加わって、とんでもなく口当たりがよく美味しい。

喉越しもよくて気持ちがいい。ごくごくと音をたてて喉を通っていく。気がつくと大きくグラスをあおり、すべて飲み干していた。

「一気飲みぃ。嬉しい～、美味しかった？」

「はい、ごちそうさま……でし……た……」

大きく息を吐きながらお礼を言うものの、途中で恥ずかしくなってくる。喉が渇いていたのは確かだが、ちょっとがっつきすぎではないか。

こんなにすごい車に乗せてくれた人の前で一気飲みなんて、意地汚いと思われたのではないだろうか。

「すみません……、一気飲みなんかして、行儀悪いですね……」

「なに言ってるの。行儀悪くなんかないよ。ちゃんと飲んでくれて嬉しいよ。ありがとっ」

「そんな……お礼を言わなくちゃならないのはわたしのほうで……」

「いいんだってば。杏奈が無事だったんだから、それでいいの」

杏奈の手からグラスを取ると、ハルは違うグラスを用意する。今度はひとまわり小さなものに、オレンジ色のソーダを作ってくれた。

「もうすぐ到着するからね。ゆっくりして。ホテルに入ったらすぐシャワーを使うといいよ」

「すみません……。会社と連絡がとれるまで、お世話になります。連絡がとれて、ホテルの件が解決したらすぐにおいとまを……」

「そんなの気にしなくていいよ？　あんなことがあったんだから、ゆっくり心も身体も休めなくちゃ駄目。どうせ今日はアタシのところに泊まるでしょう？」

「え……!?　いいえ、そんな、とんでもないです。助けてもらったうえにそんなっ。連絡してホテルの手配をしてもらったらすぐに……！」

「連絡ってすぐにとれるの？　緊急連絡先とかある？　上司？」

「あ……」

杏奈の言葉が止まる。改めて考えてみると、いろいろと不可能なことに気づいたのだ。

会社との諸連絡はメールで行うことになっている。到着や出発の連絡の他、一日の業務連絡だ。

上司のパソコンにメールを入れることになっていて、しかも会社で使用するものなので勤務時間以外は連絡がとれない。

それだからすぐには連絡できなかったのだ。仕事が始まるのは午前九時。時差を考えるとニューヨークは日本時間から十四時間ほど戻るので、十九時以降でなくては連絡を入れられない。

すぐに返信がくるとは限らないし、おまけにその時間から別のホテルがとれるものだろうか。

「ほぉら、そんな顔で考えこまないの」

顎《あご》を掴《つか》まれ、少しずつ下がっていた顔を上げられる。いつの間にか真横に座っていたハルが、杏奈の顔を覗《のぞ》きこんだ。

「さっきから、申し訳ないとか迷惑になるとか、よけいなことばっかり心配して。アタシに恩を感じてくれてくれているなら、アタシが喜ぶことをして恩返しして。今、アタシが一番嬉しいのは。杏奈が元気になってくれることだよ」

「恩田さん……」

「ハル、って呼びなさいっ」

「ハ……ハル、さん」

「よしっ」

人を従わせるための迫力も説得力もある人だ。その迫力も、このドールフェイスと話し口調のせいか怖いというのではなく、言うことを聞きたい気持ちにさせられる。

命令されても、萎縮することはない。苦しくもならない。

……上司とは、大違いだ……。

また情けない顔をしてしまったのかもしれない。両頬をくにっと引っ張られた。

「だーかーらーぁ、そんな顔しないで、アタシを頼りなさいっ。ねっ？　わかった？　杏奈、うんって言わないと、この手、離してあげないからねっ」

それは困る。離してもらわないと、いつまでも頬を引っ張られた面白い顔をこんな美人に見られ続けることになるし、それよりなにより……泣きそうになっている顔を伏せられない……。

「はひっ……」

頬を引っ張られているせいでおかしな返事になってしまった。それでもハルはわかってくれたらしく、手を離し笑顔で杏奈の頭を撫でる。

「ディナーは部屋に用意させるね。嫌いなものはない？　食べられないものとか。甘いものは好き？　朝食も期待していいよ。アタシが泊まっているホテル、朝食が豪華で有名なんだ。杏奈はフルイングリッシュとアイリッシュ、どっちが好きかな？　女の子にフルはつらいか……。でもね、すっごく美味しいからっ。楽しみにしてて」

　はしゃぐハルが、とてもかわいく見える。杏奈は思わずクスクス笑ってしまった。

「あ～、やっと笑ったぁ。やっぱりかわいいっ。アタシね、杏奈は笑うと絶対かわいいって思ってたんだ」

　自慢げに言われ、今度は声をあげて笑ってしまった。

「やだ～、杏奈ってば笑いすぎっ」

「だって、ハルさんってば……。ハルさんのほうがかわいいです」

　大人っぽいと思えば、とても無邪気な面を見せてくれる。それがとても楽しい。

　こうやって笑っていると、ずっと心の中に溜まっていたモヤモヤとしたものが、少しずつ晴れていく気がする。

　不思議な人だ……。

　一緒にいるだけで、こんなに気持ちが軽くなっていくなんて。

「杏奈と話していると楽しい。あとは部屋に入ってからにしましょう。ちょうど到着したみたいだから」

「えっ……もう？」

　杏奈は驚いて窓から外を見る。石畳《いしだたみ》の大きな通りに面して、とてもモダンで豪華な建物がそびえたっている。一階から各階大きなフルレングスの窓が広がるデザインは、現代的でとてもお洒落《しゃれ》だ。

　ただ、ひとつ思うのは……。

（高そうなホテルだなぁ……）

仕事でこんな高級車を使っているような人だ。おまけにボディガードまで付いている。

（本当に、カメラマンじゃなくてモデルのほうなんじゃ……）

「ほらほら、考えこまないの。今杏奈が考えなくちゃいけないことは、ゆっくりバスタブに浸かったあとに食べるアイスのフレーバーをなににするか、だからね」

ハルの明るい口調に気持ちが救われる。車のドアが開きクローバーが顔を出したときはドキリとして身体が固まったが、ハルが手をとって車から降ろしてくれたことでもとに戻った。

「緊張しなくていいよ。ホテルのスタッフもみんないい人ばかりだから。わからないことは、なんでもアタシに聞いて」

「はい」

つくづく不思議な人だと思う。

そばにいる気配だけで、心がなごむ。

――ハルの部屋は、ホテルの最上階だった。

リビングもベッドルームも広く、高天井のフルレングス窓から臨《のぞ》むソーホータウンは、昼はもちろんだが夜の景色も素晴らしい。

無事ニューヨークに到着した旨《むね》とホテルの件を上司に報告し、その日はハルの好意に甘えて泊まらせてもらった。

ベッドルームにあるのはキングサイズのベッドが一台。杏奈はソファで寝ると言ったのだが、ベッドに押しこまれてしまい、ハルと一緒に飲んだお酒も回ってそのまま眠ってしまったのである。

翌朝になってても上司からのメールはきていなかった。

自力でホテルを探すしかないだろうと悩む杏奈に、フルイングリッシュの朝食をぺろりと平らげたハルがご機嫌で提案したのである。

「ここにいればいいよ。アタシはまったく構わないから。連絡がこない、ってことは、自分でなんとかしろってことなんでしょう？　ここにいればなんとかなるんだから、いいんじゃない？　それに、アタシも杏奈がいてくれたほうが楽しいし」

そんなふうに言ってもらえるのは、とても嬉しかった。

ハルの世話になると決め、杏奈はホテルから今回の目的であるの調査店舗へ向かい、戻ってきては報告書を書き企画を練った。

経過報告とともにチラッとホテルの件を尋ねるが、それに関して上司からの返答はない。

……はぐらかされる理由がなんとなく察せるだけに、杏奈も訊《き》くのは数回にとどめ、その後は経過報告のみになったのだ。

ハルとすごす時間はとても楽しくて、充実している。彼女は部屋で仕事をしていたり出かけたりと不規則だが、杏奈が出先からホテルに戻ってくるころには必ず部屋にいて出迎えてくれた。

「おかえり～杏奈。お疲れ様だったね。今日は外でディナーにしない？　すっごく美味しいレストラン、教えてもらったんだ」

弾んだ声で出迎えてくれながら杏奈の鞄《かばん》を取る。

「お疲れ様」

しっとりした声のトーンで改めてねぎらわれ、頭を撫でられる。仕事のあとに慈《いつく》しみを込めてねぎらってもらえるなんて初めてのことだ。嬉しいけれど照れくさくて、胸の奥がきゅうっとした。

女性としての気遣いと思えばいいのだろうが、ハルの言葉や行動のひとつひとつに癒《いや》されるしドキドキさせられる。

まるで杏奈を喜ばせるために行動しているのではないかと、自惚《うぬぼ》れてしまいそうになるのだ。

それは、食事やねぎらいだけではない――。

「ハ、ハルさん、ハルさん、お風呂が、お風呂がぁぁっ」

タオル一枚巻いた姿でバスルームを飛び出していくと、リビングでパソコンに向かっていたハルが一瞬目を丸くし……クスクスと笑いだした。

「なぁに杏奈、どうしたの、虫でも出た？」

「む、虫よりすごいものが出ましたっ。浴槽がお花だらけです。バラっ、バラですよ、バラっ」

杏奈は驚きを隠せない。バスルームに入るとバスタブの中が色とりどりのバラでいっぱいになっていたのだ。驚かないはずがない。

生花で埋まっていたわけではなく、ちゃんとお湯に浮いていた。それだからよけいに興奮してしまったのである。

「杏奈、お花が浮いたお風呂に入ってみたい、って言っていたし」

ハルが立ち上がり、杏奈のそばに寄ってくる。顔を近づけ、まだお湯にもつかっていないのに興奮で赤くなった頬を指先でつついた。

「お姫様気分、味わっておいで」

「……わざわざ、用意してくれたんですか……?」

昨日の話だ。テレビでバスタブいっぱいにバラの花が浮いているのを観《み》た杏奈が「お姫様気分になれそうですよね。死ぬまでに一回入ってみたいですね、こういう変わったの」と何気なく口にした。

ハルは、それを覚えていたのだ。迂闊《うかつ》な希望を口にしたばっかりに。ハルに面倒をかけてしまったのではないか。申し訳なさが滾《たぎ》りかかるも、ハルのやんわりとした微笑みがそれを消した。

「せっかく来たニューヨークだもん。仕事以外は楽しかったなって、いい思い出にしてほしいでしょう?

アタシと一緒でつまらなかったって思われたくないからね」

ちょっと自慢げに言ったハルは、杏奈の両肩を掴んでくるっと回転させる。

「ほら入っておいで」

「は、はい」

ここは彼女の好意に甘えよう。気を取り直してバスルームへ向かおうとするが……。

肩を掴んだハルの両手が離れない。どうしたのかと軽く振り向くと、ハルが真剣な表情でわずかに視線を落としている。なにを見ているのだろう。視線の先はタオルだ。

「杏奈って……背中、綺麗だね」

「えっ⁉　そ、そうですか？　そんなこと初めて言われましたっ」

大きく心臓が跳ね上がる。ハルの手が離れ、杏奈は「ありがとうございます～！」と言いながらバスルームへ駆けこんだ。

恥ずかしいけど、嬉しい……。

こんなふうに気遣ってもらわなくたって、ハルとすごすこの生活は楽しいことだらけだ。

この生活が続けばいいのになどと考えもするが……。時間というものは、いやでも流れていく……。

苦手な上司と組む仕事だと一日がとても長く感じてしまうのに、楽しいと一週間なんてあっという間だ。

もう少しここで仕事をしていたいと不可能な願いを胸に抱きつつ迎えた最終日の夜。杏奈は、どうしてもしておきたい話をするためにハルと向き合った。

「は？　宿代？」

ソファで長い脚を組み、ワイングラスを傾けるハルがキョトンとした声を出す。

どんなポーズをしていても様になる人だとつくづく思いながら、杏奈はこくこくと首を縦に振った。

「助けていただいた流れで、こんな立派なホテルにいさせてもらって。毎日本当に楽しかったですし、助かりました。……日本に帰りたくないくらいです。でもそんなわけにはいかないし、泊まらせていただいたぶんのお代を払わないわけにもいきません」

ハルの横に座って背筋を伸ばし、両手を膝に置いてピッと腕を張り、杏奈は力説する。

気になって調べたのだが、宿泊しているホテルはニューヨークでも有数の高級ホテルだった。この最上階のスイートルームなどは、連泊しているとなれば相当な金額だろう。

一日好意に甘えるだけならまだしも、結局はフルで世話になってしまった。知らん顔を決めこむわけにもいかない。

正直なところ、いかほどになるかと考えただけで目をそらしたくはなるのだが……。

「そんなものいいよ。お代を取るつもりで引っ張りこんだわけじゃないんだよ？　アタシも杏奈といられてとっても楽しかった。それで十分」

「そんなわけには……。だって、こんなによくしてもらって、なにもかも甘えて、なんだかわたし、泊まり逃げみたいで……。あの、すぐには全部お支払できませんけど、少しずつでも……、あ……ご連絡先とか、教えていただければ……お送りしますから……」

言葉の歯切れが悪い。後ろめたさがチクチクと杏奈の胸に突き刺さる。

少しずつでも返すという約束をすれば、自然にハルの連絡先を教えてもらえる。……そう考えたときは、また彼女に会える機会が作れると胸が弾んだが、いざ本人の前で口にしてみると、下心があるいやらしい人間になった気分だ。

実際、下心はある。

せっかくハルのような素敵な女性と知り合えたのに、このままさよならになるのがいやなのだ。

「本当に、そんなつもりじゃないんだよ、アタシは」

ハルの手が顎にかかり、軽く指先が動いただけで顔が彼女のほうを向く。美麗すぎるかんばせが少し困ったように眉を下げていて、ドキッとした。

困らせてしまったのだろうか。……それとも、下心に気づかれてしまったのだろうか。

心臓が早鐘を打つ。そこに、さらなる打撃が加えられた。

「ん～、そこまで言うなら……身体で払ってもらうか」

「えっ⁉」

ビクッと身体が跳びはね、一気に頬の温度が上がる。杏奈の反応に特別変わった顔をするわけでもなく、ハルは言葉を続けた。

「アタシのモデルになってくれる？　杏奈を撮らせてほしいな」

身体で払うと聞いて、とっさにいかがわしい想像をしそうになった自分が恥ずかしい……。

「でも……わたし、プロのカメラマンさんのモデルになれるような美人じゃないし……」

「関係ないよ。アタシが撮りたいのは杏奈の背中だから」

「背中……ですか？」

「杏奈の背中、綺麗だなぁって、ずっと思ってたんだ。背中を撮らせてくれたら、宿代だの世話になったお礼だのはチャラってことで、どう？」

いつだったか、タオル一枚でハルの前に出てしまったとき「背中が綺麗」と言われた。自分をうしろから眺めたことなどないのでわからないが、プロの眼《め》で見たとき直感的に訴えるなにかがあるのだろうか。

（ハルさんが……撮りたいっていうなら……）

杏奈は意を決してこくりとうなずく。胸で両手を重ね合わせ、ハルは身体を揺らして喜んでくれた。

「嬉しいっ。お願いしようかな、なんて思っても、いやだって泣かれちゃったら悲しいし、杏奈には嫌われたくなくて言えなかったから。ありがとう、ほんとに嬉しいっ」

「そんな、泣きませんよ。ハルさんを嫌うわけがないじゃないですか」

「ホントに？」

「泣くとか、ありえないです。そんなお願い、していただけただけで光栄です」

本当にいいのだろうかという気持ちでいっぱいだ。……もしや、宿代なんてとるわけにいかないから、モデル代でチャラだと言えば引き下がるだろう……と考えてくれたのではとも思う。

（それなら……それでいい……）

それが、ハルの優しさだ。

それに、あまり彼女を困らせたくないし、困った顔を見たくない。

宿代を理由にハルと縁が繋《つな》がれば……などと考えた自分が恥ずかしくなってくる。少しのあいだでも、こんな素敵な人と知り合えたのだから、それでいいではないか。

……そう思いこもうとしている感情は、あまりにもろい。

すぐ崩れそうになっているのを感じて、杏奈は気持ちをそらすために元気な声を出した。

「でも、モデルって、どうしたらいいんですか？　着替えたほうがいいですよね？」

話をしたら寝るだけだったので、今の杏奈はパジャマ代わりのロングTシャツ一枚だ。髪だって無造作にまとめ上げているだけ。どういった準備をしたらいいのかはわからないにしろ、これでは駄目だろうということだけはわかる。

「このままでいいよ。そうだなぁ、床に座らせるわけにもいかないから、ベッドルームで待っていて。カメラを準備するから」

「これで、いいんですか?」

「大丈夫。杏奈の身体ひとつで充分」

不思議に思いつつもベッドルームへ移動する。中央には存在感たっぷりのキングサイズのベッドがひとつ。ここにいるあいだハルと一緒に使っていたが、二人で大の字になって寝られる大きさである。……というのは少々大げさで、ハルの手足が長いからか同時に大の字になると手が繋げた。

初日はともかく、ずっとベッドにお邪魔するのは申し訳ないとソファで寝ようとしたこともあったのだが……。

『邪魔になんてなんないから、ベッドで寝なさい。アタシ、これでも寝相《ねぞう》はいいんだから、潰《つぶ》したりしないから安心してっ』

と言われ一緒に寝ていた。……寝つく前に、ハルとベッドの中でいろいろと話をするのが、とても楽しかった……。

(気持ちよかったなぁ……。日本に戻って、自分のベッドで寝られるかな)

おそらく、雲泥《うんでい》の差、ではないかと思う。

「モデル……。なんか照れるなぁ……」

ハルに乞われて嬉しさ半分ＯＫしてしまったが、プロのカメラマンに写真を撮ってもらうなんてすごいことだ。

(背中だけどね……)

ハルの作品を見せてもらったことがある。彼女が撮るのは身体のパーツ写真で、手、腕、脚《あし》、膝《ひざ》、唇、目、鼻、などさまざまだ。

共通しているのは、いずれもモノクロであること。それがとても魅力的な濃淡で表現された写真ばかりだった。

彼女の手で自分の一部分をその仲間に仕立て上げてもらえるなんて。考えるとゾクゾクする。

「ごめんね、お待たせ」

ハルがベッドルームへ入ってくる。片手には黒いカメラが握られていた。

いかにも〝カメラ〟という印象を受ける長方形のもの。よく見かける長いレンズなどはついていない。

「杏奈を撮らせてもらえると思うとワクワクするね。早速はじめようか」

彼女の口調は弾んでいて、本当にワクワクしているのがわかる。そんなふうに感じてもらえるなんて、なんて照れくさいんだろう。

胸がきゅうっと締めつけられた杏奈だったが、次の瞬間、息が止まった。

「じゃあ、脱いでくれる？」

「……は？」

「お風呂あがって三十分以上たってるよね。……ブラの痕《あと》は消えてるかな……。杏奈、寝るときはノーブラだし、いましてないよね？」

「は……は、はい……」

「うん、そうだと思った。背中しか見ないから、恥ずかしがらないで。脱いだらアタシに背中を向けてベッドの上に座って」

杏奈の戸惑いなど歯牙《しが》にもかけず、ハルはどんどん話を進めていく。ベッドに近づくと上掛けをめくり
「やっぱシーツのほうがいいな」とご満悦だ。

（脱ぐ……。脱ぐって、裸の背中ってこと……？）

そこまで考えていなかった。思えばハルの写真は身体のパーツそのもので、布などは……なかった。

（どうしよう……。でも、いまさらいやとか言えないし……）

そもそも〝いや〟という感情はない。杏奈はチラリとハルを見る。

揺るがないドールフェイス。ビスクドールのようななめらかな肌と美しさが際立つ目鼻立ち。背も高くスレンダーで、腰に届くレッドグラデーションの髪が彼女の魅力を引き立てている。

こんな素敵な人の前で、肌をさらすなんて……。

――杏奈の背中、綺麗だなぁって、ずっと思ってたんだ。

自分の一部分でも、綺麗なんて言ってもらえたのが信じられない。背中を見せたといってもタオルを巻いた姿だけ。それでも、彼女の前で着替えをしていたので、そのときに見られていたのかもしれない。

（ハルさんが、綺麗って言ってくれたんだから……）

「いいよ。ベッドに上がったら中央に座って。横座り。脚は杏奈が楽なほうに崩していいから」

指示をしながら、ハルが杏奈のうしろへ移動する。背中だけと言ったので、服を脱いでもうしろからしか見ない配慮だろう。

同性だからといって、ほぼ裸の姿を見られて恥ずかしくないわけではない。おまけに杏奈はまったくの素人だ。そのあたりを考えてくれる、彼女の配慮が嬉しい。

（ハルさんが撮りたいって言ってくれたんだから……）

宿代を辞退させるためであったとしても、ハルにそう言ってもらえたのだ。

幼いころから、自分に自信など持てずに育った。社会に出てもそれは続いていたけれど、ハルに褒められたことで、少し自分に自信を持ってもいいのかもしれないと思える。

杏奈はベッドの前に立つと、ハルに背を向けたままロングTシャツを脱ぎベッドに上がる。中央で正座をし、脚を右側に崩した。

「こ……こんな感じ、ですか……」

返事の代わりにシャッター音が響き、杏奈は思わず背筋を伸ばす。

「うん、いいよ、とても綺麗」

ハルの声が聞こえてよけいな力は抜けるものの、今度は鼓動の速さに拍車がかかる。

今、彼女が発した声が、聞いたことのないトーンだったのだ。

柔らかいけれど重厚感があって、……少し、男性的にも思える。

（やっぱり、仕事のときとかカメラを握ったときは口調も変わるんだ……）

「緊張しなくていいからね。自然に座ってるだけで、杏奈は綺麗だよ」

話しかける声にシャッター音が重なっていく。うしろ姿だけなのに、いったい何枚撮るのだろう。

「両腕で髪を持ち上げてくれる？　うなじが見えるくらい。……そうそう、背中の表情が変わったよ、ゾクゾクくる」

自分の背中に興味を持ったことはないが、ハルに言われると今の背中がどういう状態でどんな表情をしていて彼女を喜ばせているのか、知りたくなる。

「髪、右肩から前に垂らして。手は好きなところに置いていいよ。……自然に……楽にして。もっと……、うーん……いい感じだけど……もう少しかな……」

充分楽にしているつもりなのだが、やはり撮られているという緊張感は拭《ぬぐ》いきれない。ハルにはそれがわかるのだろう。

もう少し力を抜いて脱力した感じになればいいのだろうか。考えあぐねていると、いきなりベッドになにかが飛び乗った衝撃とともに、肩の横からにゅっとハルの顔が覗いた。

「約束違反～。杏奈の顔、見ーちゃったっ。赤くなって、かぁわいいいっ」

「ハッ……ハルさんっ！」

いきなりの襲撃に驚きしかない。ムキになって振り向くと、身体を引いたハルがシャッターをきった。

「かわいい！　ほんと、杏奈はかわいいいっ！」

「ハルさん……」

天真爛漫《てんしんらんまん》で無邪気で、本当にかわいいのはハルのほうだと思う。彼女は形のいい唇に人差し指をあて、永久保存したくなるようなウインクをした。

「ほーら、その顔。今の杏奈のまま、アタシにあなたの背中を見せて」

「え……」

「力を抜いて。よけいなことは考えなくていい。アタシとすごした数日間の杏奈を、撮らせてほしい」

杏奈は前を向き、ふうっと力を抜く。わずかに顎を上げてまぶたを閉じ、この数日間を思い起こした。

（楽しかった……）

考えてみれば、信じられない数日間だった。

ハルと一緒に食事をして、お酒を飲んで、ベッドの中でお喋《しゃべ》りをしながら夜更かしをして。

ほぼ嫌がらせのように与えられた一人きりの海外出張。くじけず泣かず逃げ出さずに頑張れたのはハルのおかげだし、おかしなことに巻きこまれかかったのにこうして無事でいられるのも……ハルのおかげだ。

回想しているあいだもシャッター音が鳴り続けている。本当に何枚撮るつもりなのかと思うが、不快ではない。

（もう、こんな経験できないんだろうな……。ハルさんにも……会えなくなるから……）

ふっと、明るかった気持ちに影が落ちる。

シャッター音がやみ……、今度は静かにハルがベッドに上がってくる気配がした。

杏奈の気持ちが沈んだから、様子を見にきたのだろうか。不思議な人だ。どうして杏奈の気持ちがわかってしまうのだろう。

そんな顔をしていたら駄目だと、怒られてしまうのではないだろうか。せっかくハルが盛り上げてくれていたのに。

呆《あき》れられたらどうしよう。そう思うと泣きたくなる。嗚咽《おえつ》で唇がゆがみそうになったとき……。

――唇に、なにかが触れた……。

柔らかくて……温かい……。とても、心地のよいもの……。

これは……。

それが離れる気配と同時に、ゆっくりとまぶたを開く。

目と鼻の先にハルの顔があって、どくんと大きく心臓が脈打った。

クリスタルガラスさながら綺麗な瞳は、普段は黒っぽくても近づいて見つめると深い深い海の蒼色だ。その波間に、呑《の》まれてしまいそう。

「……いい写真が撮れた。ありがとう、杏奈……」

「ハル……さ……」

ハルの両手が頬を押さえている。指先にわずかな力が入り、顔が引き寄せられる予感に体内で熱いなにかが揺らめいた。

が……、ハルは一瞬止まり、手を離したのである。

「予想以上だった、早く見たいから、ちょっとスタジオに行ってくる。先に寝ていて」

「あ……」

ハルはかたわらに置いていたカメラを手に、ぴょんっとベッドを下りてしまう。とっさに伸びた腕が彼女を引きとめようとしたものだと気づき、杏奈は慌ててその手を引いた。

「ちゃんと寝るんだよ？　明日の飛行機、朝の便でしょう？　早起きしないとね」

ハルが杏奈のロングTシャツを放《ほう》る。それを受け取り、急いで着用し身体ごとハルのほうを向いた。

「はい、いってらっしゃい」

「いってきますっ」

にこりと微笑んで消えていくハルは……、いつもの彼女だ。

無意識に指先が唇に触れる。ハッキリと確認できたわけではないし経験がないからわからないが、……あのときの感触は、ハルにキスをされたものではないか。

（キ……キスしちゃったよ……。ハルさんと……）

唇に触れられるなんて初めてだ。それを女性にされてしまったのだが……。

――まったく、いやじゃない。

「キスしちゃった……」

口に出して意識をすると､ドキドキしてくる｡軽くだったはずなのに､重なった唇の感触が強く残っている。

まぶたを開いたとき、本当にあの瞳に引きこまれるかと思った……。

ハルは、ありがとうと言った。あのキスはモデルになった礼なのかもしれないし、彼女が言ったように、予想以上の出来を感じたから嬉しくてしたものなのかもしれない。

それでも、嬉しい……。

鼓動の高鳴りが収まらない｡明日は早いのだからちゃんと休まなくてはいけないのに､寝られる気がしない。

――その後、ベッドに入ったのはいいが、やはりなかなか睡魔は訪れてくれなかった。

ハルも帰ってこない。ベッドに入っているうちにうとうとしたが、朝になっても、彼女は戻らなかった。

出発のための身支度もほぼ終えたころ、部屋のチャイムが鳴る。やってきたのは黒ずくめの長身、クローバーだったのである。

彼はハルのボディガードだ。彼がいるならハルもそばにいるのではないか。そう思いドアを開けたが、彼は手にしていたスマホを差し出しただけだった。

「ハルさんと繋がっている。あんたと話がしたいそうだ」

「ハルさん……？」

こわごわ受け取り、耳にあてる。杏奈が口を開く前にハルの声が聞こえてきた。

『杏奈、おはよう』

「お、おはようございます、ハルさん……」

　反射的に背筋を伸ばす。クローバーが口元にこぶしをあてて笑いをこらえた気がして、杏奈はさりげなく横を向いて顔をそらした。

『ゴメンね、杏奈。せめて見送りに行きたかったんだけど、急な仕事が入って、行けそうもないんだ』

「いいえ、……いいんです見送りなんて……。わたしは、ひとりで……」

『クローバーに空港まで送らせるから。連れてってもらいなさい。彼は大丈夫。アタシが信頼を置いている人間だから、警戒しなくていいよ』

「そんな……警戒なんて……」

　チラリとクローバーを見る。視線を感じたらしい彼と目が合いそうになり、杏奈は慌ててそらした。

『無理しなくていいよ。男、苦手なんでしょう？』

「それは……」

　言っていないのに……なぜわかったのだろう……。

『初めて会った日、クローバーを見ておかしなおびえかたをしていたし、そのあともホテルや外食先で男性に親切にされてもよそよそしいし、まったく杏奈らしくなかったからね。……新人の部下が異国の地で路頭に迷いそうになっているのに救済ひとつしようとしない上司は男だし、……男が苦手なせいでいろいろ上手《うま》くいってないんだろうなってわかった』

「……すみません……」

『謝ることはないよ。杏奈は悪くない』

幼いころの環境が原因で、杏奈は男性というものが苦手だ。

優しくされてもなにかあるのではと疑ってしまうし、眉をひそめられたら近づきたくもない。そのせいか、よそよそしい杏奈の態度がかわいくないと、不機嫌になる男性も少なくないのだ。

……直属の上司が、杏奈が困るとわかっていて一人きりの海外出張を命じたり、ホテルの件を無視したのも、慌てさせて怖がらせて泣かせたかったからだろう。

上司の〝特別な誘い〟を頑《かたく》なに拒絶した生意気な新人社員の女をやりこめて、助けてくださいなんでもしますからと言わせ、降伏《こうふく》させたかったのだ。

『無理はしないんだよ、杏奈。いい？　自分を大切にしなさい。かかわっていたら自分が駄目《だめ》になると感じる人間からは離れなさいね。あなた自身のために』

「ありがとう……ございます……」

実際にできるかできないかは別として、自分のことをそんなに気にかけてもらえたのが、杏奈はとても嬉しかった。

（やっぱり……ハルさんと繋がっていたい……）

昨夜諦めかけた想《おも》いが再燃する。

駄目でもいい。無理でも、言わなかったら後悔する。

「ハルさん……、昨日わたしを撮ってくれた写真……どうでしたか？　背中だけど、上手くモデルになれていました?」

『もちろん、すっごくよかったよ。ずっと眺めていたら夜が明けちゃったくらい』

「それ、……いつか、わたしも見られますか?」

『……杏奈』

「もし見られるなら、……いいえ、見たいです。……いつか……見せてください」

勢いをつけて言葉を発するが、ハルの返事はない。それを気にして間を置いたら気持ちが沈んでしまう。

杏奈は言いたい言葉を一気に出し切った。

「お部屋に、わたしの名刺、置いていきます。いつか……いつか、あの……きっかけがあったら、……ハルさんが撮ってくれたわたしを、見せてください……。ありがとうございました……すごく、すごく楽しかったです! お元気で!」

途中から泣きそうになっている自分に気づき、杏奈は早口でまくしたてたあと未練を振り切ってスマホをクローバーに押しつけた。

「ありがとうございます。空港まで送ってもらいなさいって言われたので、お言葉に甘えますね。用意はほぼ終わっているので、すぐに出る準備をしてきます」

杏奈は急いで部屋へ引き返す。バッグに入れていた名刺入れから一枚抜いて、ソファ前のローテーブルに置いた。

スーツケースを持ちかけるが、思い直して名刺の前に座る。ひと言書きこもうとボールペンを出すが、やはり書けないまま名刺ごと置いた。

「ほら」

するると、顔の横からボールペンが差し出される。驚いて振り向くとクローバーが立っていた。

「どうせ連絡なんかこない、って諦めてるんだろうが、それでも勇気を振り絞って〝いつか会えたら〟みたいなことを言ったんだろう？　だったら、それを突きとおせ」

「……クローバーさん」

彼は黙ってボールペンを差し出している。会釈をしてそれを受け取った杏奈は、名刺に〝ありがとうございます。ハルさんに会えてよかった〟と書きこんだ。

「あんたの勇気は認めるが……間違っても、期待はするな。……あの人は、あんたのような普通の女が深入りできる人じゃない」

「……はい」

クローバーの言葉の真意はわからない。

それでも杏奈は、絶対的な諦めの中に、消えそうに小さく揺らめく期待を灯《とも》し……。

帰国したのである————。


イマヲ・エージェンシー。業界としては中堅に位置する、広告会社である。

杏奈は新卒で入社し、総合職として働きはじめた。

入社のときは杏奈も含め十人いた新人たちも、一ヶ月、三ヶ月、四ヶ月、七ヶ月、八ヶ月、九ヶ月、十ヶ月、十一ヶ月、一年……と、ほぼ一ヶ月に一人ずつ消えていった。

それだけ仕事内容がハードだったこと、そして一部の顧客との関係に耐えられなかったのだ。

そんななか、杏奈だけが、入社一年をすぎた今も頑張っていた。

(……コーヒー……しみる……)

マグカップを両手で持ち、杏奈は給湯室の窓を照らす朝陽を見つめる。

今、彼女の頭をめぐるのは、朝になっちゃったな……、ではなく、納期に間に合ってよかった……の想いである。

(コーヒー……もうちょっと甘くしてもよかったな……。味しない……)

ズルズルと熱いコーヒーをすすりながら考えるが、砂糖もミルクもたっぷり入れた覚えがある。どうやら疲弊《ひへい》しすぎて味覚がマヒしているらしい。

(……帰って寝たい)

切実な本音である。

会社で夜を明かしてしまうのは初めてではないにしろ、最近忙しすぎて疲労が溜まっている。

就活の際、業務形態に一部フレックス制とあり、さすがは広告業界と思ったものだが、フレックスなのは一部の上役と優遇されたデザイナー、そしてパート社員だけだった。

「あー、いたいたぁ、兵藤ちゃん、お疲れー」

背後から声がかかり、給湯室に人が入ってきた気配がする。杏奈が振り返ると、その人物はギョッとして立ち止まった。

「お……お疲れ……っていうか、墓の中からよみがえったゾンビみたいになってるよ、兵藤ちゃん。……なんとかなったの？」

意気揚々《いきようよう》と給湯室に入ってきたのはいいが、杏奈を見て二歩ほど引いたのは、同じ部署で働く青田明菜《あおたあきな》である。

入社十二年のベテラン。正確には、九年正規で働き、結婚出産のため一年休職、フレックス対応という表向きの煽《あお》り文句を持つパート社員に転向して二年だ。

ハードな仕事ゆえに新人が続かないのも長年の経験から知っている。そのせいか「兵藤ちゃんはガッツがある！」といつも褒めてくれる。

そういう彼女だって入社から長く続いている女性だが、女性にしては大柄で勢いのある体育会系なので、そのせいかとも思う。

「おかげさまで。無事間に合いました。修正もバッチリです」

「私はなにもしてあげられてないし、おかげさまでもないよ」

「昨日帰るときに応援してくれたじゃないですか。頑張ってねーって」

「それだけだけど」

「充分です」

シンクに腰をよりかけ、ズズズッとコーヒーをすする。近づいてきた明菜が杏奈の顔を覗きこんで眉をしかめた。

「あーあーあーあー、若い女の子が、目の下にクマ作ってぇ」

「オトモダチです」

「無理してナマ言ってんじゃないよ。今日は早めに上がらせてもらって家で休みな。それじゃなくても最近残業続きでしょう」

ピンっとひたいを指で弾かれて顔が上がる。そんなに痛みは感じなかったのに、あとになってじわじわキだした。

「でも、自分の仕事が残ってるんです。午前中に目途《めど》をつけないと」

むず痒《がゆ》くなってきたひたいを指先で撫で、杏奈はカップに口をつける。本当なら昨日終わらせるはずだったのだが、急な修正を任されたせいでまったく手をつけられなかったのである。

「……相田《あいだ》君もさ、兵藤ちゃんに仕事を押しつけすぎなんだよね……」

腕を組み、明菜がため息をつく。彼女はわかってくれている。……いや、部署の誰もがわかっていることなのだ。

今回の仕事は、杏奈の直属の上司である課長、相田から回ってきた。

半年前、入社して半年足らずの杏奈に単独での海外出張を命じたのも相田で、その際、ホテルが予約されていないトラブルも無視した。

相田の言い分としては「知り合いに泊めてもらったらしいから、問題ない」……である。

帰国後、もしかしてと調べた結果、もともとホテルは予約されていなかったらしい。

いつも出張の手続き一切を取り仕切ってくれる総務の担当者が、ホテルだけはツテがあるから任せてくれと相田に言われたそうだ。

ああ、やっぱり。としか思わなかった。

あの人ならそれくらいやるだろう。そう思えてしまう。自分の上司を信用していないのは部下として失格なのかもしれないが、到底無理があるのだ。

入社したときはニコニコしていて、いい上司かもしれないと思ったこともある。しかし杏奈がいつまでもよそよそしいことと、新人歓迎会のあとに「ホテルで親睦《しんぼく》を深めよう」という〝上司の特別な誘い〟から逃げたため、目の敵《かたき》にされている。

強引にホテルに連れ込まれそうになったことがあまりにもショックで、杏奈は「警察に行く」と上層部に訴え出た。それでよけいに睨《にら》まれているのである。

「私が言ってあげるよ。午前中で目途をつけたら、帰って休みなよ。身体壊すよ」

立場は下でも、明菜は相田の先輩にあたる。ずいぶんと相田の失敗をフォローしてきたらしく、遠慮なく意見できる数少ない社員のうちの一人だ。

気を遣って言ってくれているのはわかるが、杏奈はそれを笑ってかわした。

「大丈夫ですよ。午前のうちに片づけちゃえば、午後は楽できそうなんで。一日もちますよ。それに、急にクライアントから連絡が入ったら困るし」

大きく息を吐いた明菜は、「もぅっ」と諦めの声を出しながら杏奈の頭をポンッと叩いた。

「無理しないんだよ？　自分を大切にしなよ？」

「……はい」

「じゃあ私、オフィスに行くから。朝一でコピーライターさんから案が届いてるはずなんだ」

「前みたいにすっぽかされてないといいですね」

「きてなかったら、新幹線に飛び乗って取りに行くっ」

気合を入れた明菜が給湯室を出ていく。そのうしろ姿を笑いながら眺め、杏奈は冷めたコーヒーを喉を鳴らして飲んだ。

——無理はしないんだよ、杏奈。いい？　自分を大切にしなさい。

明菜のねぎらいが、心に残り続けるその言葉を浮かび上がらせる。

頭の中で再生されるセリフ。その声の主《ぬし》は、ハルだ。

日本に帰る日、電話越しに聞いた、彼女の言葉……。

ハルの声を思いだしたまま、杏奈の思考はストップする。雑多なもので彼女の声の記憶を汚さぬよう、頭の中を真っ白にして、杏奈は静かにコーヒーを喉に流しこんでいった。

——あれから半年。やはり、ハルからの連絡はない。

……わかっていたことだ。

クローバーにも言われたではないか。期待はするなと。

それでも杏奈は、もしかしたら……なにかの間違いで……ハルが連絡をくれるのではないかと心の奥底で期待をしてしまっている。

「馬鹿だなぁ……」

カップに口をつけたままため息をつく。甘ったるい芳香が鼻を直撃し、やっと自分が甘いコーヒーを飲んでいるのだと実感できた。

ハルの言葉に従って無理な仕事を辞める選択もあったのに、杏奈は相変わらずここで働いている。

……ハルに、会社の名刺を渡してしまったからだ。

（あーもぉー！　わたしのバカァァァァ！　どうしてスマホの番号とか書いておかなかったんだろう！）

名刺には、会社の電話番号しか記されていない。最後の最後に一言書くチャンスがあったのだから、杏奈
個人とすぐに連絡がとれるなにかを書いておけばよかったのに。

……とはいえ、あのときは定まらない自分の気持ちに追い詰められていて、それどころではなかった。

いい思い出、それにしきれない自分がもどかしい。もう会えない人に期待を抱き続けたって、仕方のないことなのに。

それだけ、ハルとすごした数日間が心に残りすぎている。

もしかしてとは思うが、杏奈はハルに恋愛感情に似たものを抱いているのではないだろうか。

杏奈は幼いころにいろいろありすぎて、男性が苦手だ。そのせいか、たとえ同級生でも異性を好きになったことがない。

強くて頼りがいのある、ハル。

女友だち以上の感情を抱いてしまったのは、間違いじゃない。

(男の人が苦手だからって……)

まさか自分がこんなことで悩んでしまうなんて、考えると照れくさい。だが、そんな感情を抱いてもおかしくないものを、確かにハルは持っていたのだ……。


午前中に上げてしまおうとしていた仕事も、昼休み前にはひと段落した。

午後からの予定をたてようとしたとき、杏奈は上司の相田に呼びつけられたのである。

「昨日の修正、朝までかかったんだって？　ご苦労さん」

ご苦労さん……という、ねぎらう態度ではない……。

五百ミリリットルペットボトルの炭酸飲料を片手に、いくらクライアント用のリサーチとはいえ動画配信を観ながら笑い半分言われては、このあとおつまみでも買ってこいと言われそうな雰囲気でしかない。

だいいち、もう昼だ。ご苦労さんと声をかけるには遅いのではないか。

「はい、間に合ってよかったです」

ペットボトルに口をつけて、相田は視線を動かし杏奈を見る。それほど服装にうるさい会社ではなくともスーツ姿の男性が多いなか、カラーシャツにノーネクタイ、おまけに髪を明るいブラウン系に染め、耳にはピアス……という、少々やんちゃなイケメン風の上司だ。

御年三十二歳、独身。彼がこの風袋《ふうてい》でどこからも文句がこないのは、役員の息子だか親戚だか……とにかく上層部に親戚がいるおかげだろう。

毎年入社してくる新人の女の子に手をつけては問題になりかかり、それを握り潰してもらっているという噂《うわさ》がある。

しかし昨年はその白羽の矢が杏奈にあたり、未遂で終わったうえに警察沙汰になりかかったので、握り潰し役の親族も警戒したのか今年は彼の下に新人女子が配属されることはなかった。

おまけに、警察に行くと強気に出られるくらいの女なら、相田の下につけておいても大丈夫だろうと踏まれたらしく、その後、杏奈が部署を異動になることも、上司を替えられることもなかった。そうして、一年が過ぎてしまったのだ。

「疲れてるだろう？　帰っていいよ」

「は？」

我ながら不審げな声を出し、杏奈は目をぱちくりとさせる。相田からねぎらわれるなんて、今日は春の大雪ではないか。

もしかしたら明菜がなにか言ってくれたのだろうか。なにせ下に見ていい人間だと思えばどこまでも踏みつけてくる男だが、自分に意見できる人間に対しては口ごたえもできない。

「ただささ、お客さんを空港に出迎えに行って」

「お客さん……、クライアントですか？」

「ん～、クライアントの……ご贔屓《ひいき》……？　広告用の写真をどうしてもそのカメラマンに頼みたいらしくてさ。でもちょっと有名人すぎて難しいんだって。で、そのカメラマンが今日の午後の便でロスから日本に入るから、空港に挨拶に行って、上手く顔を覚えてもらってきて」

つまりは、依頼したくて狙っているカメラマンにコネを作ってこい、と……。顔を覚えてもらって、改めてクライアントの広告写真を引き受けてもらいに行け、と言いたいのだろう。

「クライアントのほうでさ、ご挨拶に出向きます、っていう話は通してくれているらしいから感謝しなよ。そのほうが挨拶しやすいだろう？　さすがオレのクライアントだよな」

その大事なご挨拶を、取引会社の下《した》っ端《ぱ》社員に行かせる、ということになるのだが……。クライアント側は承知しているのだろうか。

「だから今日は帰っていい。時間になったら出向いて挨拶してきて。しっかり顔を覚えてもらえ。それだけ」

「飛行機の到着は、何時なんですか？」

「四時だか……五時だか……」

つまりは自分がやるつもりではないから、よくわからないというわけだ。

午後から休み扱いだとしても、空港に行く準備をして時間まで待機して出迎えて……。顔を覚えてもらうということは、少なくとも言葉は交わさなくてはならないわけだ。

「そのカメラマンの方は、アメリカの方なんですか？」

「どこ出身なのかは知らないけど、アメリカなんじゃないの？　ヴィスナーって名前の男のカメラマンらしい」

「ヴィスナーさん、ですか……」

「すっごいVIP扱いで到着するらしくて。たくさん付き添いを従えて一番に降りてくるらしいから、顔がわからなくてもそれでわかるって。よかったな」

……よかったな、ではない……。

圧倒的に情報が少ない。

仮にも顔を覚えてもらうために出向くのに、もう少し相手のことをちゃんと知っておいたほうがいいのではないか。

納得いきかねる顔をしていると、相田も杏奈を上から下まで眺め、同じくらい納得いかない顔をした。

「男だからな。外国から来る、オ・ト・コ、だからなっ。わかってるな？」

「……はぁ」

だからなんだ、とは思う。もしやしっかり化粧をしてきちんとした格好で行けと言いたいのだろうか。

確かに今は化粧も適当だし、髪も軽くまとめ上げただけだし、徹夜で仕事をしていただけあって人間的に少々くたびれている。

「向こうの男って、おまえみたいに一見おとなしそうに見える女が好きだろう？　純情なフリして媚売《こび》って覚えてもらってこい。着物でも着ていったほうが受けはいいかもな」

どことなく目的が違ってきている。依頼の縁を作りに行くのであって、媚を売りに行くのではない。

「気に入ってもらえたらお誘いがあるかもしれないから、……断るなよ？　仕事だからな。ヴィスナーと話がつけばクライアントも喜ぶ。一発ヤるくらいの気合で行ってこい」

ニヤける口元が癇《かん》に障る。握りしめた両手で……殴ってしまいたい……。

「アパートに帰って準備をします。ヴィスナー氏にご挨拶がすみましたら一報を……」

「お誘いされたら一報はいらないから、上手くやれ」

ニヤニヤが増強される。杏奈はなるべく相田の顔を見ないように頭を下げ、踵《きびす》を返した。

これは相田が担当するクライアントの案件だ。杏奈が〝上手くヤって〟ヴィスナー氏との繋がりを得られたとしても、相田の得になるだけだ。

（外国の人だから、わたしにふったんだろうな）

半年前の出張のときだって、「おまえ、英会話得意なんだろう？　オレのスペルの間違い指摘していい気になっているくらいだから、相当なもんなんだろうな」と言いがかりにもほどがある理由で「ひとりで行け。英語得意なんだろう」と放り出されたのだ。

（部下が続かないの、当然だよね……）

杏奈だって相田の下から外してもらいたい気持ちは大きい。しかし人事や上層部が決定したことなので、ほぼ相田のお守り役になっているのも確か。

外してくれと言ってしまえば、クビだろうとも思う。

この会社を離れてしまったら、……ハルに再会できるかもしれないきっかけを失ってしまう。

未練がましいのはわかっている。けれど杏奈は、もう少しだけ希望を持っていたいのだ……。


午後から休んでいい、といえば聞こえはいいが、実際に休んでいる暇はない。

アパートへ帰り、軽くシャワーのひとつでも浴びて、すぐに身支度を整え出かけなくては、飛行機の到着を待ち構えていることはできない。

あまりにも情報量が少ないので、移動中、電車の中でヴィスナー氏を調べた。

活動するための名前なのか、ヴィスナー以外にフルネームも出てこない。おまけにどういった人物かを知りたくても写真も出てこないのだ。

わかるのは、わずか十歳にしてライカを使いこなし、神業《かみわざ》の一枚でアメリカの大きなフォトコンテストでグランプリを獲得したのだということ。

しかし、その後の活動記録が見当たらない。キャッシュはあっても記事自体が消えている。

ヴィスナー氏に関する情報がなさすぎる。……まるで意図して存在を消されているかのようだ。

こうなってしまうと、本当に相田が言ったとおり「付き人をたくさん従えた一番に降りてくる男」という情報だけが頼りだ。そのためにも便が到着する前にしっかりと待ち構えていなければ。

……と、張り切ったはずなのに、なんたることか待ち構えるべき到着ロビーの北ウイングと南ウイングを間違ってしまい、それに気づいて全力疾走する羽目に陥ってしまった。

なんとか間に合ったのはいいのだが……。

成田国際空港、第一コンコース。到着ロビーで、杏奈は立ちすくむ。

――とんでもない人物が……出てきた。

「……ハル……さっ……」

瞬間的に、言葉が口をついて出た。

一番に出てきた人物。付き人を数人従え、かたわらで周囲を警戒する黒いスーツ、あれは間違いなくクローバーだ。

腰に届くレッドグラデーションのロングヘア。サングラスをかけていても、その美麗さに目を奪われる。

ショートトレンチを軽く羽織った長身、一見、女性にも男性にも見えるなか、髪の長さから女性だと判断しがちだ。

しかし……、杏奈が待っているのはヴィスナー氏という男性のはずなのである。

杏奈に気づいたのだろう。彼の人は、その美しい口元を微笑みに変えた。

「嘘……信じられない……。また会えるなんて……」

――信じられないのは、杏奈のほうだ……。

ハルと出会ってから今までのことが、ぐるぐるぐるぐる頭をめぐる。

おまけに空港に現れたハルはヴィスナーという名を持った男性で、男性とわかったうえで再会のキスをされてしまっていると考えると、頭が混乱して気絶してしまいそうだ。

相変わらず重なったまま離れないハルの唇。別れの前夜、彼女としてのハルにキスをされたが、あのときのような触れるだけのキスではない。

ぱくぱくと軽く唇を動かし、表面を擦ってくる。このまま食べられてしまいそうだ。けれどそれが気持ちよくて、ボーっとする。

「そろそろいいですか？」

咳払《せきばら》いとともに聞き覚えのある声が聞こえ、杏奈はハッとまぶたを開く。

声に反応してやっと唇を離してくれたハルが、言葉で割りこんできたクローバーをひと睨みした。

「もう、馬に蹴られて死ぬよ？　クローバー」

「馬くらい大丈夫です。ハルさんに蹴られても死ななかったので。……まぁ、死にかけましたけど。今でもたまに肋骨《ろっこつ》が痛いです」

「やだなぁ、もう、そんな古いことっ」

アハハと笑いながら、ハルはクローバーの肩をバシッと叩く。ニューヨークでハルが暴漢をあっという間に追い払ってしまったのを知っているので、彼女、いや彼が強いのはわかる。

しかし、ボディガードであるはずのクローバーが死にかけたというのは事実だろうか。だいたい、そんなに強かったらボディガードなどいらないのでは……。

クローバーがチラリと杏奈を見る。久しぶりだし挨拶をしようと口を開きかけるが、彼はすぐにハルに向き直った。

「ここじゃなんだし、ラウンジに入っては？」

しかしすぐに杏奈を見て……。

「おまえ、スーパーフライヤーズかスターアライアンスは……」

どちらも航空会社の上級会員制度だが……聞きかけて、思い直し、クローバーはハルに戻る。

「持ってるわけがないか」

（ちょっとぉ！　失礼じゃないですか⁉）

口には出さず、ギリギリ心で叫ぶ。

確かにそんなもの持ってはいないが、いかにも持っていないだろうという決めつけは少々傷つく。

しかしここで航空会社のラウンジに入るためには、上級会員資格がいると聞く。……と、いうことは、この二人は持っているということか。

（セレブクラスなのはわかってるし、驚くようなことじゃない……。ハルさんが男だっていうほうがびっくりだよ……）

本当にそうだ。

まさか、まさか。思い出の彼女が……。

「ラウンジかぁ、それより食事にでも行って、ゆっくり話がしたいな。……ねっ、杏奈」

――男……だったなんて……。

「杏奈？」

「あ……は、はいっ！」

ついぼんやりとハルを見つめてしまった。慌てて返事をすると、ハルがちょっと肩をすくめて面映《おもは》ゆい表情を見せ、クスリと笑う。

（……き……きれぃ……）

小さなしぐさにさえ見惚れる。本当に、なんて綺麗な人なんだろう……。

まったくもって、男性だなんて信じられない……。

（ハルさんが……男……）

記憶が逆回転していく。今まで、初めてのキスが女性だったのに戸惑いがなかったことで、もしや自分は女性が恋愛対象でも大丈夫なのだろうか。……などと大きな秘密をかかえた気分になっていたが、ハルが男性ならば、そんな気分になる必要もないのだ。

（え……待って……、と、すると……）

杏奈は……ハルのモデルになったとき、裸になっている。

女性だと思いこんでいたからこそではあったが、ショーツ一枚で、ほぼ全裸だった。後ろ姿だけ。それでも、これは非常に恥ずかしいことではないか。おまけに、撮った写真を彼が所有しているのかもしれないのだ。

（は……はずかしいぃぃぃぃ――――！）

それだけではない。あのころ、毎晩同じベッドで寝ていたし、お風呂上りにタオル一枚でハルの前を歩いていたこともある。

逆に、ハルがお風呂上りに肌をさらしているのを見たことがない。朝だって早起きで、気がつくと着替えを終えていた。

男性っぽい香りがしない。……というか、柔らかくとてもナチュラルな香りがして……心地よかった。

……スレンダーな人だから、バストは目立たないな……とは思っていた……。

が、そんな身体的なことはいちいち口にするべきことではないし、スラリとしたかっこいい美人さんなので、かえってそのほうがサマになるとさえ思っていたのだ。

当時のことを考えていると、あまりのことに眩暈《めまい》がしてくる。こうなると、美麗な女性だと思いながら見惚れていたハルの微笑みにも、男性っぽさを感じてしまえるようになるから不思議だ。

「あ……あの、……すみません……。わたし、まだ仕事が残っていて……」

「ディナーは無理？　いろいろお話ししたいな。半年前の思い出話とか」

杏奈もしたい。楽しかったニューヨークでの話をしながら、ハルと盛りあがりたい。

けれど、今はそんな気分になりきれない。こんなに動揺していては無理だ。

「……ヴィスナー氏をお迎えして、ご挨拶をするのが仕事だったんです……。終わったら、すぐに次にかからなくてはならないので……」

お誘いは断るなという相田の言葉とニヤけた顔が思い浮かぶ。ある意味これは、身体で縁を作るより、その上をいく縁ではないだろうか。

まさか……ハルが……。

ハルは背筋を伸ばすと軽く腕を組み、造形美で形成された指を口元に持っていく。少しさみしそうな顔をする。

「そっかぁ……残念だけど、仕方がないね……。でも、次の機会には絶対……だよ？　ね？」

小首をかしげ、杏奈に約束をねだる。

（ハ……ハルさんっ、綺麗すぎますっ！　かわいいですっ！　やめてください、やめてくださいっ、尊《とうと》すぎて見てるだけで泣いちゃいそうです！）

真っ赤になる顔を押さえて床を転げまわりたい気分だ。男性だとわかっていても、なお、にじみ出る造形美の艶に、杏奈は自分を制御できなくなりかかる。

このままハルの顔を見ていたら……確実に……。

（駄目だぁ！　泣くっ‼）

最大級に引かれる後ろ髪を振り切って、杏奈はハルから顔をそらし名刺入れを出す。

「名刺……渡しておきますので、改めて社のほうから連絡を……」

「半年前と同じ会社にいるんでしょう？」

「あ、はい……」

ドキリとする。半年前の別れ際、今の会社からは離れたほうがいいと思わせる忠告を受けていたのだ。

案の定、ハルはわずかに困った顔をしている。忠告してあげたのに、まだつらい思いをしながら働いているのかと呆れたのかもしれない。

だが……あの会社を辞めたら、ハルとの縁が切れてしまいそうだった……。

「名刺はいらない。持っているから」

「え？」

「杏奈がくれた名刺、持っているから大丈夫。大事にしていたから綺麗なままだし」

「ハルさん……」

胸の奥が熱くなる。まさか、あのときの名刺を持っていてくれたとは。

「ありがとうの言葉も嬉しかったけど、どうせなら杏奈のプライベートナンバーでも書いておいてほしかったな」

「す、すみません……」

それは杏奈も後悔していたことだ。日本へ戻ってから、何度それを悔やんだろう。……連絡がくる可能性はなくとも、書いておけばよかった、と。

「だから、今度はちゃんと教えて？」

ハルが自分のスマホを取り出す。つられて杏奈も手にとり、あっという間に連絡先の交換が済んだ。

（この中に、ハルさんと繋がる手段があるんだ……）

そう思うと、自分のスマホを胸に抱いてしまう。ニューヨークにいたときは、仕事でホテルを出るときも帰ったときもハルがいたし、彼が留守のときに用事があれば、ホテルに電話がかかってきて繋いでもらっていた。

特に不便もなかったので、さらにプライベートに踏みこむのは図々しいのではという思いから、番号を聞けなかったのである。

「連絡するからね。着信拒否しちゃいやだよ？」

「しません！　そんな……！」

ハルの付き人の一人が、クローバーに耳打ちする。彼は渡されたスマホを確認し、ハルに声をかけた。

「ハルさん、ロスのスタジオから、確認が入っていますよ」

「わかった。マンションのほうで確認するよ」

仕事の話しになったときわずかに口調が鋭くなるのだが、男性だとわかってから聞くと、とても男っぽく感じてドキリとする。

返事をしてから、ハルは杏奈をチラッと見る。

「仕事が入っちゃった。でも、ディナーはフラれちゃったし、ちょうどいいかも」

「ハ、ハルさんっ……」

からかう言葉に慌てると、ハルはクスリと笑う。

「次は絶対、だからね。……会えて嬉しかった」

杏奈の頬に手をあて、スッと顔を近づける。またキスをされるのではないかと感じた身体が意図せずビクッと震えると、ハルは目をぱちくりとさせてからくすぐったげに笑い……杏奈から離れた。

「じゃぁね。上司には、上手く挨拶できましたって伝えておきなさい。杏奈に会えて気分がいいし、悪いようにはしないから」

「はい、ありがとうございます……！」

杏奈は深く頭を下げてから、ゆっくりと上げる。すれ違う人たちの羨望《せんぼう》を浴びながら歩いていくハルを見送り、どんどん胸の鼓動が大きくなっていくのを感じていた。

（ハルさんに……会えるなんて……）

嬉しいけれど、この再会が信じられない。そして、ハルが男性だったという事実が、信じられるような、られないような……信じたくないような……。

男性は苦手なのに、常に一線を引いて接しているのに。

ハルには、普通に接することができている。

最初に女性だと認識していたせいだろうか。それだから、男だとわかっても警戒心の準備ができないのだろうか。

ハルの姿がロビーから見えなくなっても、杏奈は通路をまっすぐに見つめ続けた。

つい先ほどまで感動と驚きの再会を演出した舞台は、アナウンスや人の声、急ぐ足音とロビーを行きかう国際色豊かな光景に変わっている。

その中で、杏奈は一人、いつもの自分とは違う胸の鼓動を感じていた。

＊＊＊＊＊

「罪つくりですね」

クローバーの呟きが耳に入り、ハルは苦笑いをしながらサングラスをかけた。

杏奈と別れたばかりのロビーを歩きながら、振り返りたい衝動を抑える。

きっと、杏奈は動かないでずっとハルの姿を追っているだろう。振り向いてそんな彼女の姿を見てしまったら、きっと仕事など投げ出してあの子を抱きしめに走ってしまう。

（……今振り向いても、すぐ目に入るのは付き人連中だけだけど……）

現実を考えると、スンッと情熱は冷める。杏奈の姿がすぐに見えないとなれば、振り返る気も起きない。

「会わないつもりなんじゃなかったんですか？」

クローバーの追及は続く。よほど、今日の行動に不満があるらしい。

「ハルさんはあのとき、……あの子を巻きこむようなことが、万が一にもあったらいやだと言った。それだから俺は、……牽制《けんせい》したんだ。期待をするなと。ハルさんは、おまえがかかわっていい人じゃない、と」

「ごめん……」

この件に関しては、本当に申し訳ないと思う。苦笑いでハルが謝ると、クローバーは自分の髪をガシャガシャと掻《か》き回《まわ》して大きく息を吐いた。

「……ハルさんの判断が違《たが》えたことはない……。なにも起こらないことを……祈ります」

「ありがとう。――四葉《よつは》」

そう呼ばれ、不機嫌だった表情がみるみる困り顔に変わっていく。愛称ではなく〝本名〟でハルがクローバーを――四葉を呼ぶときは、彼が少しまいっているときだ。

常に強く、天真爛漫《てんしんらんまん》なイメージしかないハルが、精神的にまいってしまうなんてめったにない。弱気になったときのハルが、四葉は苦手だ。どう慰めていいのかわからない。

「会わないつもりだったんだよ……。私にはかかわらせたくないから……」

なのに、杏奈が日本に戻ってからの半年、彼女のことを忘れたことはなかった。

仕事柄、会社やスタジオがあるロスと日本を行き来することが多い。この三年余りは両国に半々の割合で滞在しているので、家はロスにあるが、日本にも二箇所ほど生活できる場所を作っている。

日本に来るたび、仕事で移動するたび、クライアントと会うたびに、……関係者の中に、杏奈の姿がないかと探してしまっていた。

偶然でいい。

もう一度、彼女に会えないだろうかと……。

杏奈はニューヨークで、ハルを女性と信じて疑わなかった。彼女を助けたあと、四葉を避ける態度を見て、もしかしたら男が苦手なのかもしれないと感じた。しかもレイプ未遂に遭ったばかり。今は男だと認識させないほうがいい。

それだから、性別を意識させる行動は避けたのだ。

（……まさか、最後まで男だと思ってもらえなかったとは……）

最終の夜、彼女の写真を撮らせてもらったとき……。

幾度となく、このままベッドに押しつけてしまいたい衝動に駆られた。

しかし耐えるしかない。自欲に走れば……彼女を、自分の運命に巻きこんでしまうかもしれない……。

それは、避けたかった。

（普通の女の子に、そんな業《ごう》を負わせるわけにはいかないんだよ……）

そう思うのに……。

名刺にあった名前の会社から、女子社員が挨拶に向かうと連絡を受け、もしかして杏奈かもしれないと高まる期待を止めることができなかった。

「困ったな……」

軽く息を吐き、自嘲《じちょう》する。サングラスの隙間からどうフォローすべきかと悩む四葉の横顔が視界に入り、ハルは前を向いて〝本来の〟声で呟いた。

「四葉……」

「はい」

「……私になにかあったら、……あの子を、守れ」

そんなことは、なければいい……。

けれど、自分が気持ちを寄せてしまった以上、その可能性がゼロではないことを……、ハルは、壮絶な経験からいやというほど知っている。

第二章　想いが実る甘い夜

信じられない、信じられないと動揺し、あまりのことに仕事があると嘘までついてハルをはぐらかしてしまった。

もちろん、間違っても彼に誘われたことがいやだったわけではない。

これからどうなるのだろう。連絡がきたりするのだろうか。いや、誘ってくれたのは再会ついでの社交辞令かもしれない。

だいたい、今回は相田の指示での行動だ。クライアントが上手く依頼にこぎつけられたとしても、そのあと杏奈に出る幕はない。

……とはいえ、以前までとは違って、ハルと連絡が取れる手段を手に入れているだけ、心の持ちようが格段に違う。

悩みつつも、杏奈はかなり浮かれていた。

帰りは食材を買いこみ、気分がよくてケーキまで買ってしまったほどだ。ご飯を炊き、しっかりと主食と汁物まで作ったのは、とんでもなく久しぶりではないだろうか。

久しぶりといえば、スキンケアにもいつもの数倍時間をかけた。目の下のクマというお友だちにサヨナラすべく、早めの就寝を実行したのである。

気持ちが弾んでいると、翌朝会社へ向かう足取りも軽い。おまけに、夜中にハルからメールが入っていた。

〈ゆっくり寝て疲れを取るんだよ？　クマなんか作っていたら誘いに行かないぞっ〉

昨日はしっかり化粧をしていったつもりだったが、ハードワーク明けでクマとオトモダチになっているのはバレバレだったようだ。

クマがいなくなったら誘いにきてくれるんですか……と聞きたいところをぐっと堪え……。

〈大丈夫です。しっかり寝ました。昨日はありがとうございます〉

とだけ返した。

……本当は、会えて嬉しかった気持ちを思いっきりぶつけたかったのだが……。

それでも、たとえメールでも、ハルが連絡をくれた事実が嬉しい。

そんな嬉しさは、自然と表情にも表れていたようだ。

「なんだぁ？　今日は元気だね。いいことでもあった？」

当然のごとく入る明菜からの冷やかしだが、いいこと、の内容は少々言いづらい。

仕事にも張りが出て調子がいい。気分がいいから今日はちょっと高いアイスでも買って帰ろうかな、と思っていた矢先に……。

運気は、下降《かこう》した――。

「いや～、ホントお手柄。キミすごいね～。スゴイ、スゴイ」

褒めてくれているのだろうが、スゴイの大安売りをしながら柏手《かしわで》さながらに手を叩かれては、微妙な気持ちになる。

応接室の一人用肘《ひじ》掛椅子に座り、深く背もたれに寄り掛かって高く足を組んだ男は、顎を上げ視線を下にして杏奈を称賛する。

褒められている気持ちになれないのは、この大柄《おおへい》すぎる態度と軽い口調のせいだろうか。

金色の髪とピアスで若づくりをしているが、おそらく三十代後半から四十代ではないかと思われるこの男は、相田のお得意様である。

「まさかこんな素朴な子が挨拶に行ったなんて思わなかったよ」

男は薄笑いで視線を流し、目の前に立つ杏奈を上から下まで何度も眺める。黙って立っているのもいやなので、杏奈は軽く頭を下げた。

「派手ならいいってもんでもないしね。相田君の部下なら〝女としての魅力〟がすごいんだろうな～。いやぁ、さすがは相田君。最高の人選だよ」

「おそれいります、富川《とみかわ》社長」

あまり深読みしたくない褒め言葉を口にした〝富川社長〟に、相田は感激極まれりとばかりの口調で頭を下げる。テーブルを挟んだ向かい側のソファにちんまりと座り、部下にも見せたことのないお愛想マックスな笑顔を振りまいていた。

富川は今回、彼が持つ店の広告に使用する写真を、写真家のヴィスナー氏に頼みたいと無茶を言った。その我《わ》が儘《まま》は相田に無茶振りされ、そのまま杏奈へと回ってきたのだ。

「初心《うぶ》そうな顔してんのにねぇ。ヴィスナーにしっかり覚えてもらえるなんてすごいことだよ。いったい、どんなコトをシて差し上げたんだい？」

尋ねているふうではあれど、答えを求めているわけではないのは口調でわかる。下世話な話題で、杏奈を冷かしているだけだ。

「君の〝ご挨拶〟が気に入ったと言って、ヴィスナー氏の関係者から富川社長に連絡があったんだ。それで社長はわざわざここまで足を運んでくださったんだから、ほら、君も早くお礼を言って」

なぜ奔走《ほんそう》した杏奈のほうが礼を言わなくてはならないのか。自分のお得意様であるせいか、とにかく相田は大はりきりだ。

いつもは「おまえ」呼びの杏奈を「君」と呼び、声のトーンまで違う。

富川は性サービスを売りにする店を数店持つ男で、相田が関連店の常連であったことから知り合いになったとか、なんとか……。

あいまいな噂ではあるが、あながち噂だけではないだろうと思える。

「お忙しいところ、わざわざご足労くださり、恐縮です」

波風は立てたくない。杏奈は素直に頭を下げる。すると富川はおどけて素《す》っ頓狂《とんきょう》な声をあげた。

「おいおい、これはびっくりだ。こんな事務的な挨拶をされたのは初めてだな。女の子は、もう少し愛想よくしなきゃ」

媚を売らないのが気に入らないようだ。シナを作って「社長に褒めてもらえて嬉しいですぅ」とでも言いながら膝にのれば嬉しかったのだろうか……。

（……寒気がする）

考えただけでも息苦しい。それじゃなくても先程から富川の視線が全身にまとわりつき、ゾワゾワするのだ。

「相田君の部下は、アレだな。こんな初心で真面目な顔をして絶妙なテクを使うらしい。……ちょっと、見てみたいねぇ」

「その際はご慎重に。彼女、思いこみでセクハラセクハラと大騒ぎする悪い癖がありますので」

「それは怖いな。躾《しつけ》がなってないんじゃないのか？　ちょっとお仕置きが必要だな」

富川がワハハと大げさに笑うと、相田もそれにつきあう。一年前の〝上司からの特別なお誘い〟を拒絶した件を思わせる発言だが、あれがセクハラではなくてなんだというのだろう。

今にも身売りされそうな雰囲気の悪さだ。それじゃなくても、昨日はヴィスナー氏が望むなら枕営業してこいと言われたようなものだったというのに。

杏奈はさっさと退室するために、運んできてすぐ富川が一気飲みをしたコーヒーカップに目をつける。カップを下げるついでに部屋を出てしまおう。

手を伸ばしかかるものの、富川の一言でそれが止まった。

「ヴィスナーの写真はものすごくクルものがあるからな。店の広告写真なんか撮ってもらえたら、話題だけですごいことになるぞ」

「富川社長は、どこでヴィスナー氏をお知りになったんですか？」

つい、手より口が先に出てしまった。富川は、まだハルがヴィスナーを名乗っていると思っている。ということは、写真家として活動を始めた当初のことしか知らないということだ。

逆に杏奈は、ハルのヴィスナー時代を知らない。調べようがなかったからだが、そうなるとよけいに知りたくなる。

まるでその存在を抹殺《まっさつ》しようとしているかのように、ヴィスナーに関する記事がことごとく消えているのが気になるのだ。

「気になるの？　いいとも、教えてあげよう」

富川はまるで、もったいぶりながらも自分の推理を話したくて堪らない三流の探偵のようにスーツの襟《えり》をただし、コホンと咳払いをする。

「あれは、まだオレがぼったくりソープで客引きをしていたころだ……。贔屓にしてくれるカメラ好きの客が置いていった雑誌に、アメリカのコンテストで十歳のガキがグランプリを取ったって話が載っていた。ガキの顔写真はなかったが、受賞した作品はあった。白黒の、女のうしろ姿だ」

「うしろ姿……」

ドキリとする。それは裸の背中だろうか。それなら、杏奈がモデルになった条件と同じだ。

「白黒で顔も見えねぇのに、すっげぇ、こう、ぐぐぐっとクるものがあって、エロい写真じゃねぇのに異常なほど興奮した。勃《た》ったな」

……そこまでの説明はいらない……。

話がのってきたらしく、富川は脚をといて立ち上がり、片手で握りこぶしを作る。話しかたもはすっぱな感じが独特で、社長というよりはチンピラ感が否めない。

「こんなすげぇ感性を持っているなんて、天才だ。ガキでもこんなすげぇことができるんだ、それなら、オレも一旗揚げてやろうと思ってよ。ホストやったりツバメやったり、すげぇすげぇ頑張って、ここまできたってわけだ」

「すばらしいっ、社長ぉおっ！」

いつのまにやら、自分語り。

そして相田は立ち上がって手を叩き、大絶賛である。

感動して感銘を受けた……のはいいが、富川は、特にその後の活動を追っていたファンというわけではなさそうだ。

それだから、ヴィスナーとしての活動には幕を引いていることを知らないのだろう。

「どうやってヴィスナー氏と連絡をつけたのですか？　わたしもヴィスナー氏の情報が欲しくて調べましたが、まったく情報がなくて困りました」

杏奈が話を戻すと、富川は握りこぶしを下ろす。

「客のカメラマンに教えてもらった。なんでも今は名前が変わっているらしいけど……よく覚えてねぇな。ヴィスナーでも通じるならいいだろ。スタジオとかビルとか、いろいろ持って手広い事業をしているらしいな。いやぁ、出世したもんだ。カメラマンだけじゃなく社長にもなってるってことだろう？　偉《えら》いなぁ。こーんなちっこいガキだったのにな、ヴィスナーくんっ」

ヴィスナーくんっ、の姿も恩田ハルの姿も見たことはないはずだが、まるで親戚のオジサンのようになっている。

いろいろな職業の客と繋がりが持てるのは、情報を得るうえでの強みだろう。

ハルが富川からの仕事を受けるのかどうかは別として、彼は悪いようにはしないと言ってくれた。杏奈の立場を悪くしないために、挨拶に来た女性に快い出迎えをしてもらったと連絡を入れるよう手配してくれたに違いない。

これ以上、富川から聞けることはなさそうだ。退室しようとカップに手を伸ばす……が、その手をいきなり掴まれた。

「ヴィスナーに興味があるんだね？　オレも、彼がどんな男だったのか興味があるな。同じだね」

ゾゾゾッ……と全身が総毛立ち血の気が引く。掴まれた部分から、まるでミミズが這《は》い出るような不快感に襲われた。

「もっと教えてあげようか？」

「け……結構です！」

おぞましさに耐えきれず、杏奈は富川の手を跳ね除《の》ける。素早くカップを手に取り「失礼します」と早々に場を離れた。

「兵藤！　おまえ、社長に……！」

退室する際、慌てて近づいてこようとする相田に気づいたが、杏奈は構わずドアを閉め、逃げるように給湯室へ向かった。

吐き気がして、上がってきそうな空気を堪えるため下唇を噛《か》み息を詰まらせる。速足になっているせいでソーサーの上でカップがカチャカチャとうるさい音をたてた。

給湯室の照明を点《つ》けるのも後回しに、杏奈は手に持っていたカップをシンクの中に置き、縁に両手をかけて息を切らせる。

呼吸が乱れ息苦しいのは、速足でここまできたからだけではない。

富川に掴まれた手に残る、不快感のせいだ。

……それでも、悲鳴をあげてふり払わなかっただけ自分を抑えていたと思う。

男性相手に、こんなに胆《きも》が冷えたのは久しぶりだった。これの前は、記憶にある限りではニューヨークで暴漢に襲われたときだったが、あのときはハルのおかげで精神的に楽になるのが早かった。

「……なかなか……治らないもんなんだな……」

幼いころに経験した〝いやなこと〟に対する拒絶反応が、この歳になっても出てしまう。

杏奈が気をつけていても、相手から強引にこられては防ぎようがない。

……ねっとりとした媚《こ》びる声。……力の差を知らしめようと触れてくる武骨な手。

（いやだ……）

……拒絶反応が出たときに、脳内で再生される、声。

――杏奈ちゃんは、おとなしくてイイ子だね……。

「いやだって言ってるでしょぉっ！」

堪らず叫び、シンクをバンッと叩く。そのとたん両肩を掴まれて身体を引っ張られた。

「どうした、兵藤ちゃん！　大丈夫⁉」

「……あ……」

杏奈の肩をガッシリと掴み顔を覗きこんできたのは、明菜だ。ちょうど給湯室へ入ってきたところだったのだろう、いきなり叫んだ杏奈を見て驚いたに違いない。

「なんかあったの？　相田君に言われて応接室にコーヒーを持っていったんだっけ？　来てたのって、相田君のお得意先の社長だよね」

杏奈の身体を自分のほうへ向け、明菜は頭を撫でたり頬を優しく叩いたりしてくれる。真剣な表情で杏奈の様子を確認しているのがわかった。

「なにかされた？　あの社長、たまに若い女の子に不用意にさわるんだよね。……あれぇ、そういえば私、ここ何年もさわられてないわっ。やっぱ最初に『きもっ！』って叫んだせいかな」

気にかけてくれながらも飛び出す、明菜の武勇伝。「きもっ！」と言われて見るからに機嫌が悪くなる富川と、それを見てあたふたする相田の姿を想像した瞬間、杏奈は噴き出してしまった。

「だってさぁ、ホントにキモかったんだって。昔っから、あの、ねちっこい喋りかたと手つきがさぁ、なんかこう～ぞわぞわぞわぁ～っとくるんだよねぇ。それ以来さわられないのは、それが原因かな。……ん？　まさかの歳くったから、とか？　失礼極まりないっ！」

「いくつになっても、明菜さんはかわいいですよ～」

我慢できなくてケラケラ笑ってしまう。あの高慢ちきが拒絶されて目を白黒させている姿なんて、想像するだけでおかしい。

笑う杏奈の肩をポンッと叩き、明菜は慰めるようひかえめに微笑む。

「ほんと、仕事で我慢しすぎたら駄目だよ？　兵藤ちゃん」

「明菜さん……」

「……兵藤ちゃんは、気はきくし頑張り屋だし、かわいいし癒しだし、本当はこんなこと言いたくないけど……、でも、兵藤ちゃんにとってうちは、働きづらい会社だと思う。兵藤ちゃんは仕事ができるから、無理してうちで頑張らなくてもいいんじゃないかって……。だってさ、この会社にしがみついていたい理由なんて、ないでしょう？」

「しがみつきたい……理由……」

理由は……、昨日まであった。

もしかしたら、ハルから連絡がくるかもしれない、という可能性があったから……頑張っていた。

ハルにまた会えるかもしれない可能性が一番高いのは、この会社にいることだったのだ。しかし、昨日彼に会えたことで、そんな縛りは必要なくなったのではないか。

「とはいっても、次の仕事のこととか考えたら無責任に『いやなら辞めなよ』とは言えないし。兵藤ちゃん次第だけど……。もしかして、相田君のお守役みたいになってるから、周囲に遠慮して言えないでいるのかなとも思ったり。でもそれ、一番考えちゃ駄目だわぁ。兵藤ちゃんがガッツがあってヘタに頼りがいがあるから、あの男も調子にのるんだよ。見捨てろ見捨てろっ」

笑って肩を叩かれ、杏奈も声を出して笑ってしまう。ひとしきり笑ったあと、ひかえめな笑みを残して明菜に礼を言った。

「ありがとうございます。……元気、出ます……」

明菜も笑うのをやめ、神妙な顔で肩から手を離す。

「……半年前に……辞めていてもおかしくなかったんだよ……。頑張ってるよ、ほんと……」

誰もがわかっていたのだ。

新人の女の子が、たった一人で海外出張だなんて。それも現地サポートもない状態だったのだから、無茶すぎる仕事だった。

相田じゃなくても、仕事なんかできなくて泣いて帰ってくると思っていただろう。

杏奈だって、もしもハルに出会わなければ逃げ帰っていたかもしれない。

……いや、到着早々トラブルに巻きこまれたのだ。日本になんて帰ってこられない身体になっていた可能性だってある。

「ありがとうございます……」

自分に許してあげられる選択をもらい、杏奈は心からの礼を口にした。


基本的に、イマヲ・エージェンシーは土日が休み……ということになっている。

ただし、休日でも自主的に出社してもいいことにはなっているので、意外といつでも社員がウロウロしていて、いつが休日なのかわからない状態になっていた。

昨日の例もあるが、金曜日といえば残業を押しつけられがちである。たいてい週明けが期限のものなので、そんなときは金曜にほどほど進め、残りを土日に出社してやってしまう。

そのせいか、杏奈はここしばらく休日というものがあった覚えがない。

今日も終業時間スレスレに仕事を渡されるのだろうか。……そんな疑いをこめ、ときおりチラチラと相田を窺《うかが》っていた。

しかし終業時間になってもその気配がない。どうやら今日は大丈夫そうだと思い帰り支度をするが、相田はまだ自分のデスクにいるので席を立ちづらかった。

相田は自分がオフィスに残っている状態で杏奈が帰ろうとすれば「あー、もう帰れるんだー？　いいねぇ」と、嫌味《いやみ》なのかからかっているだけなのかわからない声をかけてくる。

上司はまだ仕事をしているのに、と言いたいのだろうが、特に仕事をしていなくてもやられるので、相田がオフィスにいると非常に席を立ちづらい。

そっと立ち上がった瞬間、相田が顔を上げ、ドキッとした。

「帰るの？　寄り道しないで帰りなよ？」

「あ……はい……」

ちょっと……気が抜ける。

「お先に失礼します」

その場で頭を下げ、残っている社員にも声をかけて、杏奈はオフィスを出た。

「……なんか、へん……」

ずいぶんとアッサリしていた気がする。嫌味のひとつも出ないなら、声をかけても返事をしないのがパターンなのだが……。

おまけに今日は、富川の件で苛立《いらだ》たせてしまっている。報復措置があってもおかしくないのに、こうなると普通に帰れるほうがおかしく思えてくる。

とはいえ、普通に帰宅できるに越したことはない。深く考えず、杏奈は気持ちを切り替えた。

（今夜もなんか作ろうかな）

せっかく通常退社できるのだから、忙しいときはできないことをしよう。となれば自炊だ、ゆっくりお風呂だ、スキンケアに十分な睡眠だ。

昨日、自炊するために買いこんだ食材が少しずつ残っている。二日続けて自炊の気力があるなんて、それも珍しい。

(今夜も早く寝よう。ちゃんとお化粧落として、スキンケアして……)

目の下のクマと縁を切ったら、ハルが誘ってくれるらしい。話題のひとつとして書いただけかもしれないが、自分の中でだけでも信じていれば心が元気でいられる気がする。

会社を出て駅への道を進む。途中、人けのない道から表通りに出る寸前のところで、車道から声をかけられた。

「やぁ、お嬢さん」

名前を呼ばれたわけではないのに立ち止まってしまったのは、他に人が見当たらないのはもちろんだが、杏奈を追い越したところで停まった車の助手席の窓から顔を出したのが、富川だったからだ。

「富川社長……」

「残業なしで出てきたね。よしよし、相田君もやればできるじゃないか。いや、実はね、君には残業をさせないですぐに帰せって言ってあったんだ」

「富川社長が……ですか?」

なぜ相田の名前が出てくるのかと思ったが、疑問が強くなる前にわかった。富川が杏奈の残業禁止令を出していたらしい。

そう言われれば、相田から嫌みのひとつも出なかったのが納得できる。

助手席から降りてきた富川が、杏奈の前に立つ。

「実は君を食事にでも誘おうと思ってね。これからどうかな？　昨日のご褒美《ほうび》だ」

「ありがとうございます。せっかくですが、今夜は用事があって……」

「ヴィスナーの話でもしようよ。興味があったようだし、いろいろと教えてあげるから。聞きたいんだろう？」

断ろうとしているのに、富川は杏奈の言葉を聞いていない。それどころかいきなり腕を掴んで顔を覗きこんできた。

ゾワッ……と怖気《おぞけ》が走り、とっさにその手を振り払おうとしたが、より強く掴まれ引き寄せられる。

「すみません……放して……」

「どうやってヴィスナーを落としたのか教えてよ。なんか君なりのテクニックがあるの？」

「落としたとか……そんな……」

「場合によってはうちの店で使ってあげるから。あんな会社で相田の下にいたって、ロクな給料もらってないだろう？　だから、ね？」

鳥肌が立ち身体が固まる。吐き気を堪えるために唇を引き結ぶと、反抗しないと取ったのかさらに引っ張られた。

「さぁ、行こう」

「やっ……放しっ……」

とっさに身体を引こうとするが、車の後部座席から出てきた男二人に背後をふさがれた。

「手荒なことはしたくないから、おとなしく着いておいで。なぁに、接待だと思えばいい。昨日と同じだよ。〝特別な接待〟だ」

「そんなことしてない……」

猫なで声が不快で仕方がない。相田にどんな説明をされたのかは知らないが、なにがなんでもヴィスナー氏を身体で接待したことにしたいようだ。

腕は放されたが背中を強く押される。無理やり車に押しこまれそうになったとき、大きな音がしてうしろにいた男二人が左右に吹き飛んだ。

「はぁっ!?　なんだぁ!?」

富川が不快な声をあげる。直後、ギョッと目を丸くした。

「ちょっとぉ、どこに連れていく気？　この子はね、アタシとディナーの約束があんの」

肩を強く引き寄せられる。いい香りのする胸に抱きこまれ、視界にレッドグラデーションのロングヘアが揺れた。

「横から持っていこうなんて、馬に蹴られるよ？」

「……ハルさ……」

ハルがにこりと微笑みかけてくれている。彼に見惚れそうになった視界に、左側に飛ばされた男が立ち上がり殴りかかってくるのが見えた。

「ハ……！」

危険を知らせるために叫ぼうとした……のだ。しかしその前にハルは目を丸くしている富川に顔を向けながら左腕を横に振り、手のひらの甲で男を叩き飛ばしてしまった。

（ハ……ハルさんっ……!?）

彼が強いのは知っている。見てはいなかったが、ニューヨークで暴漢を三人、あっという間に追い払ってくれた人だ。

しかしこの顔で今のようなことを平気でやられてしまうと、見てはいけないものを見た気分になる。

「クローバー」

「はい」

ハルが呼びかけると背後からクローバーの声がする。気づかなかったが彼も一緒だったようだ。

「そこの二人、適当に畳《たた》んでおいて」

「御意」

二人の声に、まったく慌てた様子はない。背後で大きな物音が数回響く。それに混じって派手なうめき声が聞こえてくるがクローバーの声ではないだろう。

地面になにかを叩きつける音がして、物音がやむ。ハルがふっと小さく嗤《わら》った。

「さて、この子は返してもらうよ。それとも……、アンタも一緒に畳まれる？」

ハルが軽く指を差した先には、クローバーが意識のない男二人の襟首を掴んでズルズルと引きずる姿がある。彼はドアが開いていた後部座席に一人ずつ放りみ、ドアを閉めてパンパンと手の埃《ほこり》を払った。

「こいつも畳みますか？」

クローバーに親指でしゃくられ、富川はビクッと身体を震わせる。片手のひらを前に出し、ハルが口を開く前に慌てて言葉を出した。

「待て！　なんだか知らんが、オレはこの女の上司から、この子を接待につけるって言われてんだ！　仕事だぞ！　なんの約束だか知らんが、仕事と遊びとどっちが大事だと思って……」

「仕事ぉ～？」

ハルが腕を伸ばして富川のスーツの襟を掴む。掴んだ面積はそれほど大きくないはずなのに、逃げ腰になった巨体がいともたやすく引き寄せられた。

杏奈の肩を抱いていた手が後頭部に回り、ハルの胸に顔を押しつけられる。視界には、彼の黒いシャツしか映らなくなった。

「わかった。それなら私も、仕事としてこの件に対応する。二度と、この子には関われないようにして差し上げよう」

体感温度が一気に下がる。ゾクッと冷たいものが全身に走るが、今のセリフを誰が口にしたのか、杏奈には一瞬わからなかった。

（ハル……さん……？）

声のトーンが記憶しているものとはまったく違う。ハルの声ではあるものの、いつもの綺麗なハスキーボイスに毒が混じっている。

……少し、怖い。

ハルが富川を放ったらしく、バンッと車に叩きつけられた大きな音がする。ズルズルと靴が地面を擦るいやな音は、富川が車に背をつけながらも後ずさりしようとしているのだろう。

「き、貴様……なんなんだ、こんなことをしてただで済むと……」

「ただで済むと思っているのかな、富川さん。――済まないよ。あなたも、……この子を売ろうとした、ロクデナシの上司も」

いちいちハルの声が怖い。

彼の胸でシャツを掴むと、優しく頭をポンポンされた。心配しなくていいと言われているようで、強張《こわば》っていた身体の力が抜けていく。

ただ、この優しさは杏奈にだけ向けられているものだ。富川は「ヒィィッ……」と喉から声を絞り出し、急いで車に乗りこんだらしく、慌ててドアが閉まる音がする。

車がタイヤを鳴らして急発進すると、クローバーが近づいてきた。

「ハルさん、いいんですか？　潰さなくて」

「いいのっ。かわいい杏奈が絡んでるからね。今回は正攻法でいくよ」

頭を撫でられ、ハルの声が戻ったのを感じてハッと顔を上げる。疑う余地のないいつものハルが、にこりと微笑んでいた。

「怖かったね。大丈夫？」

いつもどおりのハルを感じ、身体が体温を取り戻しはじめる。ホッとするあまり、我ながら情けない顔をしてしまった。

「心配しなくていいよ。アタシがカタをつけてあげるから。ついでに杏奈のイヤラシ〜イ上司も片づけちゃおうねっ」

「でも、そんなことまで……」

できるわけがない……と言おうとして、言葉が止まる。ハルの微笑みは柔らかく優しいのに、どこか剣呑《けんのん》としていて、彼にできないことはないのだと思わせるなにかがある。

彼に任せていい。任せなくてはいけない。そう思えてくると表情も落ち着いてきた。

「あ……あの、ハルさん……、ありがとうございます……。でも、どうしてここに……」

ハルに会えたこともそうだが、彼がこの場に現れたことも驚きだ。連絡手段を手に入れたからには、いつかは会えるだろうと期待はしていたが〝いつか〟がもうきてしまった。

「え？　だって、約束したじゃない。ディナーは今度、って」

「今度……が早すぎないですか……」

「早くないよ。むしろ、有言実行」

「……なにか言いましたっけ？」

「昨夜はよく寝たらしいし、クマとさよならしたかなと思ったから。迎えにきたの。これで迎えにこなかったら、『ハルさんの嘘つき』って、杏奈に嫌われちゃう」

「クマ……」

ハルがくれたメールの内容を思いだす。彼はクマなんか作っていたら迎えに行かないぞ……と書いていた。

（わたしが、ゆっくり休んだって返したから？）

彼は、杏奈を誘いにきてくれたのだ。

（ハルさん……）

じわぁっと涙がにじむ。目に手の甲をあててうつむくと、ハルが慌てて両手で杏奈の頭を撫でた。

「な、泣かないで、泣かないで、杏奈っ。よしよし、怖かったね、怖かったね。あ〜、もぅ、やっぱりあの男、六ッ折りくらいにしてやればよかったっ」

人間を六ッ折りは……無理である。

本気ではなく杏奈を笑わせるために言ってくれているのだろう。勝手にそう解釈して、杏奈はクスリと笑ってハルを見る。

「違うんです。ハルさんに会えたのが嬉しくて……。嬉し泣きです」

「杏奈……」

「本当に、また会えるなんて……。昨日から夢をみているみたい……」

ハルのシャツを両手で掴み、顔を寄せる。

「……アタシも……」

くすぐったげに言うハルに軽く抱擁されてドキリとするが、杏奈はハルと一緒にいられる心地よさに、安心して身を任せた。

「ハルさんは、どうしてそんな話し方なんですか？　スッゴク綺麗だから、本当は女の人になりたかったとかなんですか？」

よくもまあ、こんな失礼な質問ができたものだ。

それもすべて、ディナーでお腹《なか》がいっぱいで身体が落ち着いているところにアルコールが入り、全身の血液が元気に活動をして体温を上げ、気持ちも頭もほこほこと陽気になっているせいだろう。

ディナーを一緒する約束だよ、と言ってハルが杏奈を連れてきたのは、彼が泊まっていたホテルのスイートルームだった。

本来彼は、都内に二箇所のマンションを保有している。それなのにホテルに泊まっていたのは、昨日からここで仕事をしているかららしい。

スイートルームと聞くとニューヨークでの日々を思いだしてドキドキするが、レストランではなく部屋でゆっくり食べられたのは杏奈としても気が休まって嬉しかった。

ディナーのあとは、大理石調のローテーブルいっぱいにアペタイザーやスナック、スイーツからアルコールまでが並べられた。

眠ってしまえそうなくらい気持ちのいいソファに座る杏奈の隣にはハルがいる。一緒にワイングラスをかたむけ、微笑みかけてくれている。

気分がよくないはずがない。

「ん～、仕事をしているうちに……かなぁ。残念ながら、女の子になりたいと思ったことはないかな」

グラスに口をつけソファの背もたれに片腕をかけて、ハルは杏奈の顔を覗きこむ。

「女の子に間違えられることはあるけどねぇ」

「そ、それは、ハルさんが綺麗だからっ……」

「何日間もずっと一緒にいて最後までわかんなかったのは……あとにも先にも、一人だけだけど？」

「……すみません……」

肩をすくめ、気まずさ隠しにグラスに口をつける。先にグラスをカラにしたハルが、ローテーブルに置かれたワインクーラーからボトルを引き抜いた。

「杏奈、このチーズ美味しいよ？　生ハム好きだったよね？　これクラテッロっていうイタリアの生ハムなんだけど食べてみて。あ、そっちのマカロンとチョコレートもおススメ」

「は、はいっ」

テーブルに所狭しと並んだ皿は、どれもこれも美味しそう。たくさんありすぎて迷うあまり杏奈が手を出せないでいるので、ハルがあれやこれやと勧めてくれる。

ディナーで満足しているはずなのに、つい手が出てしまう。

おまけに、こうしてソファに並んでお酒を飲みながら話をしていると、ニューヨークでの日々を思いだす。

懐かしい気持ちでいっぱいになって、あのころが戻ってきたようだ。

「でも、本当にまったくわからなかった？」

ワインを自分のグラスに注ぎながらハルが聞いてくる。改めて聞かれると、気づかなかったのが申し訳ない気がしてきて、杏奈は恐縮してしまう。

「ごめんなさい……。最初に女の人だって思ったから、ずっとそのまま思いこんじゃって……。男性かもしれない、なんて、考えようともしていませんでした」

「別に謝らなくていいよ。間違われるのはよくあることだし」

「でも……ハルさんも、わたしが勘違いしてるって気づいているなら、どうして『違うよ』って、教えてくれなかったんですか？」

「教えても、杏奈は最終日までアタシのところにいた？　また会いたいって思ってくれた？　……モデルに、なってくれた？」

「あ……」

ハルは杏奈が男性を苦手にしていると、出会ってすぐに見抜いた人だ。

異国の地で男に乱暴されかかる恐怖を味わったばかりの杏奈に、女性だと思いこんでついてきた人物が実は男だったと、わざわざ教える必要はないと思ったのだろう。

騙されていた、と言うのは簡単だ。

しかし、騙してくれたおかげで、杏奈はニューヨークで充実した日々を送れたし、ハルのことだって大切な思い出にできていた。

「そう……ですね」

ワインを少し喉に通して、杏奈ははにかんで見せる。

「もしかしたら警戒したかも……。でも、ハルさん、綺麗だし……、話し方も〝頼れるお姉さん〟みたいな感じだったから、全然疑いませんでした。ただ……」

次に出そうになった言葉を思い、杏奈は一瞬躊躇《ちゅうちょ》する。それでもハルが言葉を待って見つめているので、ごまかすわけにもいかず「えへへ」と照れ笑いをして続けた。

「……胸がないな……とか思ってはいたんですよね……。でも、スレンダーなモデルさんとか胸があまり目立たない人も多いし……」

「失礼だなぁ。アタシ、こう見えても胸には自信があるんだからねっ」

おどけているのか本気なのか。ハルは片手で後ろ髪を掻き上げグッと胸を張る。ラフなイタリアンカラーのシャツ姿なのでよくわからないし、男性だとわかって見ればふくらみがないのは当然だ。

それでも杏奈は軽く笑い声をあげ、ぺこりと頭を下げた。

「ごめんなさいっ。ハルさんは顔も身体も完璧です」

「……身体、見たことないくせに……」

「はい？」

「なんでもないよー」

ハルはワインのボトルを戻し、代わりに焼き菓子をひとつ取って杏奈の口元に持っていく。

普通なら手で受け取るべきかそのまま食べていいのか迷うところだが、「はい、あーん」とふざけて食べさせてもらうのはニューヨークにいたときによくやっていた。その癖で、なんの躊躇もなくぱくっと食いついてしまった。

「小鳥みたい」

あのころはそうでもなかったのに、今はなんとなくムズムズする程度には照れくさい。

「でも、ごめんね。杏奈のために言わなかったって言えば聞こえはいいけど、結局は杏奈を騙したことになるよね。一週間も、本当は男と住んでいたんだなんて、ショックだよね。本当に、ごめん」

「ほんはほほはひへふっ！」

せめてお菓子を口から取ればよかったのに、そのまま言い返したせいでわけのわからない言葉になってしまった。

しかし、「そんなことないです」と言いたかったのはハルにも伝わったらしい。彼は杏奈と同じ焼き菓子を手に取って、安心したとばかりに息を吐いた。

「よかった。本当はさ、途中でちゃんと言おうかなと思ったこともあったんだよ。でも、言えなかった……。杏奈に……怖がられて、泣かれて……嫌われたらどうしようって……」

サクッ……と焼き菓子をかじる唇の動きにさえ見惚れる。

――この人を嫌うなんて、不可能だ。

杏奈もひと口かじって、言葉を出した。

「……途中でわかっても、怖がりはしなかったと思います……。泣かないし……、ハルさんを嫌うなんて、絶対にない……」

「本当？」

「ハルさんは、わたしが苦手な男の人とは種類が違うんです……。女だから、子どもだから、弱いから、だから男の力で押さえつける……そんなことはしない。抵抗できない者に、自分勝手な欲望を押しつけたりもしない……」

「杏奈が男が苦手だっていうのは、自分勝手で横暴な男のせいかな？　今の上司？」

相田も苦手な部類だ。しかし根本にある理由は違う。戸惑いはあるものの、ハルには隠してはいけない、そんな気がして、杏奈は誰にも明かしたことのない心の内を開いた。

「……小さなころから引きずってるんです。……わたし、生まれたときから父親がいなくて……。生まれる前に亡くなったそうです」

友だちや興味本位で尋ねてくる大人に父が亡くなっていることは言えても、それが生まれる前だというのは言えたことがない。下世話な詮索に繋がりかねないからだった。

「高校に通うために祖母の家に身を寄せるまでは、母と二人だった。……母は、夜の仕事をしていて……、ときどき恋人になった男の人が一緒に住んだりしていました……」

自分の生い立ちを口にしていると、心なしかみじめな気分になってくる。

母子家庭を恥じているわけではないし、母だって一生懸命自分を育ててくれた。

そうは思っていても、ハルのような成功した光の中にいる人に知られるのは、……少し、引け目を感じる。

自分とハルの立場や育ちの違いが、身に染みてしまうのだ……。

しかし男性が苦手になった経緯を話すには、この部分をはぶくわけにはいかない。

「小学生のとき、すごくかわいがってくれた人がいたんですけど、……ペットみたいにわたしを扱うのが……気持ち悪くて……いやだった。膝にのせられては腕や脚を撫でられて、お風呂に呼びつけられて背中を流せって強要されるし、……蒲団《ふとん》に入ってきたこともあって……。なにかあったわけじゃないけど、いやでいやで堪らなくて……、でも、母が好きな人なんだと思うと逃げることもできなくて……」

当時のことを思いだしただけで泣きたくなる。あのころ、無力な幼い自分は、ただ大人のやることに耐えるしかなかった。

母は杏奈に父親を与えたいと思っていたのだと思う。何人もの男性とつきあった。そうしながら、杏奈が懐《なつ》く男性を探っていたのだ。

けれど、そのなかには母の前では優しいのに杏奈には高圧的だったり、小学校高学年にもなるとおかしな目で見てきたりと、杏奈の男性に対する嫌悪感が大きくなる要因になった人もいて……。結局、誰にも懐くことはなかった。

「子どもだから、女だから……、猫なで声で上からものを言って、力では敵《かな》わないのを知っているから押さえつけて言うことをきかせる。どんなに優しそうな男の人でもそういった内面があるんだと思うと、……たとえ先生や同級生の男の子でも、心を開いて接することができなくて……。いつも、一線引いて、一歩離れて接していた。そんな態度を真面目ってとる人と、かわいくないってとる人といろいろで、こうして仕事をするようになってからは、かわいくない女と思われることのほうが多いです。……だから、入社して半年で、ひとりで海外出張なんて仕事を回されるんですよ」

自虐的になりかかる自分を感じ、杏奈はそれを抑えて苦笑いをする。ハルを見ると、彼はワイングラスを揺らしてジッと杏奈を見ていた。

身の上話になってしまったので、つまらなかったのかもしれない。途中から男性批判っぽい言いかたになってはいなかったか。それに幼いころの話を混ぜると、恋人を連れてきていた母が悪いと言っているようにも聞こえる可能性がある。

「……すみません……。なんか、おかしな話になってしまって……。別に、母の男癖が悪いとか、そういう怨《うら》みごとではないんです。母は優しくてサバリバした人で、『片親だからとか陰口なんか叩かせない。杏奈に不自由な思いはさせないからね』って言って、一生懸命働いて大学まで行かせてくれた……。わたしが社会に出て、母は夜の仕事を辞めました。今は祖母のイチゴ農園を手伝っています。……わたしが、母の恋人の誰にも懐かなかったから、結婚もしなかった。『やっぱり杏奈の父親が一番いい男だった』って、笑い飛ばす明るい母なんです」

「そんなに一生懸命弁解しなくてもいいよ。杏奈は、なにも恥ずかしいことなんか言ってない。アタシも同じようなもんだし」

「同じ……」

「アタシも、生まれたときから父親がいないんだ。まぁ、生きてるし、顔も知ってはいるんだけど。……アタシ、愛人の子どもだからさ」

言い訳のために饒舌《じょうぜつ》になっていた口は、すっかり止まってしまった。

ハルのこれは、もしかしたら杏奈の身の上以上に口に出したくないことではないのだろうか。

もしやハルは、男性が苦手な理由を話すために杏奈にいやなことを思いださせてしまったと感じて、自分の話もしてくれたのではないか。

そんなことを口にするのは、ハルだっていやだろう。

（どうしよう……ハルさんに気を遣わせちゃった）

焦《あせ》りつつも、杏奈はなんとか話をそらせないかと思考をめぐらせる。ハルが口に入れてくれた焼き菓子を急いで食べ、自ら同じものに手を伸ばす。

「これ、美味しいですね。知ってますよ〜、これ、ロシアケーキっていうんですよね？　ケーキって名前なのにクッキーっぽくて、初めて食べたとき、ロシアの人は固いケーキを食べるんだな、なんて思ったことがあります。あっ、チョコがかかってるのとかもあるんだ〜」

「ロシアでも普通にスポンジのケーキは食べるよ。もともと、これはロシアのお菓子じゃないから」

話はそらせただろうか。チョコでコーティングされたものに木の実が散っているロシアケーキを取り、杏奈は探るようにハルを見る。

「そうなんですか？　名前になっているのに？」

「昭和初期に、ロシア皇帝おかかえの菓子職人が日本の老舗《しにせ》洋菓子店にその技法を伝えたのが始まりだよ。それだからロシアケーキっていう名前になっている。ちなみにロシア人に『美味しいよね』と話題にしても『なにそれ』と言われる確率のほうが高い。でも実際、美味しいからね、お土産《みやげ》に買っていったりもらったりすると喜ぶロシア人もいるよ」

「そうなんですか……。てっきりロシアのお菓子かと……。物知りですねハルさん。ロシアの方にお土産にしたことがあるんですか？」

「うん。アタシの父親、ロシア人だから」

ひと口かじった瞬間動きが止まる。話をそらしたつもりだったのに、自ら戻してしまった。

「映画俳優でもおかしくないレベルにロマンスグレーってやつなんだけど、あの顔で甘いものが好きでさ。ロシアケーキをお土産にして以来、すっごく気に入ったみたいでね。それから必ずお土産にしてる。あっ、和三盆《わさんぼん》とか餡子《あんこ》も好きなんだよね。あ・の・顔・でっ」

最後の部分を強調しているあたり、なんとなく忌々《いまいま》しげなものを感じる。仲が悪いのだろうか。それでも土産を持って会いに行くくらいなら、愛人の子どもでも大切にされているのではないか。

「でも、そうやって会いに行ける関係なんですね」

「会わなくちゃいけない理由があるからね。いい加減面倒だから、さっさとくたばってほしいんだけど」

「ハ……ハルさぁん……」

なかなか過激な発言に、どう返したものかと迷う。思わずお菓子をつまむ指にも力が入ってしまい、コーティングされたチョコが指に溶けだす気配がした。

「とすると……、ハルさんって、ハーフなんですか？」

「そっ、母は日本人。今はサンタモニカで別荘暮らし。ちなみにアタシの自宅はロスにある。留守にするほうが多いけど」

「ずっと外国で暮らしているんですか？」

「大学を卒業するまでは日本にいたよ。十歳のころから写真の仕事をしていて、アメリカと日本を行き来することが多かった。十五のときから少しずつ起業に手をつけて、写真スタジオとか、ビルとかモデルクラブとか、コンサル関係、いろいろ手出しして、今こんな感じ」

軽く言ってくれるが、こんな感じ、で済ませられるレベルではない。

「すごいですね……。そんな早くからいろいろ始めて、起業して。……こんなに立派な息子さんだったら、お父様だって定期的に会いたいのは当たり前なのかな。確かハルさんってロスを拠点に活動されているんですよね。プロフィールを読んだだけですけど、すごい起業家なんだってわかります。そういえばアメリカの大きなコンテストで賞を取ったときはヴィスナー氏の名前でしたけど、そのあとの活動記録がよくわからなくて……。今の名前で活動するようになったのって、いつくらいで……」

「杏奈」

ハルの経歴があまりにすごくて、興奮してしまった。その勢いで思うままに口が動くが、喋りすぎだったのかもしれない。自分のグラスを置いたハルに両手首を掴まれ、ハッと言葉を止めた。

「そんなに気になる？　アタシのこと」

「あ……すみませ……」

図々しくいろいろ聞きすぎかもしれない。ハルの立場から考えれば、父親の話だってできるだけ出したくないのかもしれないのに。

……いくら、ハルのことがたくさん知りたかったのだとしても……。

「ハルさん……？」

怒ったのだろうか。ハルの表情から柔らかさが消えている。

「アタシは……杏奈のことが知りたい」

「わたし……？」

「どうしても、聞きたいことがある」

「なんで……すか……？」

真剣みを帯びたハルの様子にドキドキする。今の表情が怖いくらい綺麗で、見かたを変えれば血の気が引きそうなくらい清冽《せいれつ》なのに、杏奈にとっては、胸の鼓動を高める材料にしかならない。

「アタシが男だって知っても、いやじゃない？　嫌悪感とか……ない？」

「そんなもの……」

あるはずがない。

ハルに対してあるのは、憧《あこが》れと……恋にも似た胸のときめきばかりだ。

……いや、恋にも似た……ではない。

(わたしは……)

右手を引き寄せられ、食べかけだったロシアケーキの残りを食べられてしまう。それだけならまだしも、ハルは杏奈の指に付いたチョコレートを舌で舐《な》め取り、指先を軽く咥《くわ》えた。

「ぁ……」

指先からおかしな熱が広がっていく。冷えていた手が温まったとき、指先からジンジンしてくる感覚に似ている。

チュウっと指先を吸われ、腕が震える。唇を離して、ハルが小首をかしげた。

「気持ち悪く……ない？」

気持ち悪いって言わないで……。まるでそう請《こ》われている気がして、胸の鼓動が大きくなる。

言うわけがない……。

言えるはずがない。どうしてハルを、避けるべき対象と同じ位置におけるものか。

「ない……です」

「本当？」

「ハルさんの唇……気持ちいいから……」

「なら……」

両手首から引き寄せられ顔が近づく。間近に迫った双眸にドキリとしたとき、その瞳が蒼く揺らめいた。

「キスしても、平気？」

返事はできない。

なぜなら、言葉を出す前にハルの唇が重なっていたから――。

驚いて目を見開くものの、薄く開かれた瞳の蒼に見つめられていると人ならざるものに射すくめられているようで、怖いのか恥ずかしいのかわからないままにまぶたを閉じる。

温かな吐息が糸を引きながら唇が離れ、まぶたの上に着陸した。眼を覆う薄い皮膚を優しくついばみ、目尻からこめかみに移動する。

まぶたがピクピクと痙攣《けいれん》した。それがまるで、移動してしまった唇の感触を恋しがっているようで、痙攣を止めたいのに自分ではどうにもできない。

こめかみから頬へ流れ唇を数回押しつけてくる。ふふっと小さく笑っているのが伝わってきて、頬の弾力で遊んでいるようにも思えた。

「柔らかい……気持ちいい……」

……遊んでいる……、ようだ。

「ハルさ……ぁっ！」

息を呑むように出た小さく短い声は妙に甘えたトーンで、じわじわと焦りが湧き上がってくる。いやしかし、小さな声だったのでハルは気づいていないだろう。

「杏奈かわいい……」

嬉しそうに耳の輪郭を食《は》んでくる。新たな刺激にぶるぶるっと身体が震えた。

「耳も柔らかいね」

そう囁《ささや》く声があまりにも近くて、まるで鼓膜の中で発せられているかのようだ。おまけに優しい口調なのに力強さを感じてしまい、またゾクゾクして頭が震える。

「そんなに震えないで……かわいいから……」

「すみませ……ぁ、むりぃ……」

これは無理だ。ハルの唇が耳の輪郭をなぞり耳殻《じかく》をついばむ。チラッと出した舌先でくすぐられるとゾクゾクが止まらなくて全身が身震いを起こすのだ。

「ん……ぁ」

気づかれたくない甘えた声が意図せず出てしまう。出るたびに、このくらいなら大丈夫、小さな声だから気づかれていないと自分に言い訳をした。

「そんなかわいい声ばかり出さないで」

くすりと笑った囁きが耳朶《じだ》を打ち、全部気づかれていたのだと認識させられてカアッと頬が熱くなる。無駄な言い訳をしようとした口を素早く唇でふさがれた。

きゅうっと強めに唇に吸いつかれ、両手が小刻みに二回震える。手に持ったままだったグラスの存在を思いだし、力を入れて握った。

グラスにはまだワインが入っている。自分ではどうにもできなかったことだが、先程から何度身震いしただろう。こぼしてしまったのではないだろうか。

焦って薄目を開けたとき、グラスを取られ唇が離れた。

「アタシよりこっちが気になるの？　妬《や》けるなぁ」

おどけるハルがワインを飲み干し、グラスをテーブルに置く。掴まれていたもう片方の手も放されたかと思うと、背を支えられ、ゆっくりとソファに押し倒された。

「平気だった？　いやじゃない？」

ハルの問いに、杏奈はゆっくり首を縦に振る。見おろしてくるハルの髪が左右から流れ落ち、そのグラデーションが部屋の明かりに透けてオーロラでも見ているよう。

ただでさえ綺麗な相貌が、さらに神秘的に見える。

「ハルさんを……いやがる理由なんて……ない……」

杏奈は流れるハルの髪にそっと両手で触れ、軽く握る。そのまま両頬にあてた。

「光に包まれているみたい。……とっても、気持ちいい……」

「杏奈……」

ハルが顔を近づけ、両手で杏奈の頭を抱えこむ。

「もう一回、キスしていい？　平気？」

「平気、です……」

「杏奈の唇も、気持ちいいよ」

唇が重なってくる。軽く触れたかと思うとぱくぱくと食まれ、くすぐったさに笑みが浮かんだとき不意をついて強く吸いつかれた。

「フッ……ぅン……」

いきなりのことに呼吸が止まる。ゆるんだ唇のあわいから、ぽってりとした温かいものが滑りこんでくる。防ぐ間もなく深くまで侵入したそれは、驚いて引っ込んだ杏奈の舌をくすぐった。

「ンッ……ゥン……」

とっさに喉が鳴る。明らかに驚いているのとはトーンが違うことに気づいて、羞恥がムズムズしてきた。顔の角度を変えられると舌も一緒に動き、下顎を擦り口蓋《こうがい》をなぞる。口腔《こうこう》いっぱいに刺激の幕が張り、杏奈は顎を震わせた。

「ハ……ぅ、フゥ……」

唇の端からこぼれる吐息が、いちいち羞恥を煽ってくる。

自分がおかしな反応をしている気がして仕方がない。けれどそれを気にしている余裕がない。

ハルのキスに体温が上がり、全身が痺《しび》れてきてどうしたらいいかわからない。

杏奈の頭を抱えこむハルの手が指だけで髪を交ぜ頭を撫でる。地肌に触れられる感触さえ心地よくて堪らない。

口腔内の刺激に舌がゆるみ、そこをやんわりと搦《から》めとられる。口の中に他人の舌が入ってくるという珍事

にうろたえていた舌は舐め回されながらだらしなく伸び、形のいい唇に捕らえられて先端を食まれ、完全に彼の虜《とりこ》になった。

「ぁっ……ハァ、ぁ……ぅン……」

吐息が声になって漏れてしまう。喉が鳴ったときとは違う、耳にキスをされたときの甘えた声ともまた違う、あからさまな媚びたトーンだ。

「イイ声……」

唇を離したハルが、ぺろりと杏奈の唇を舐める。大きく震えてしまったのが恥ずかしくてゆっくりまぶたを開くと、また唇が重なってきそうな位置にハルの顔があって、視線が合った瞬間目がそらせなくなった。

「杏奈……、手、離してくれないと、キスから先に進めない……」

「あ……」

キスのあいだも、ずっとハルの髪を掴んでいた。強く引っ張っていたようで、痛かったのではないかといまさらながらに気になり、指を伸ばして髪を離す。

一呼吸おいて気づいた。キスから先に進めない、というのは……。先……ということは……。

「もっと……、杏奈にさわっていい？」

「あ……わたし……」

「杏奈を……感じたい……」

「ハルさん……」

「いや？」

　杏奈は小さく首を左右にふる。ハルは杏奈の気持ちを確かめるために聞いてくれているのだとわかるが、こう何度も聞かれてしまうとだんだん意地悪に思えてくる。

　ハルをいやがる理由なんてないと伝えているのだから、聞かなくてもいいのに。

　それでも、いやじゃないと認めるたびに、ハルを否定しない自分を感じて気持ちが高揚していく。

　ハルの唇が首筋に下りてくる。どうしたらいいかわからないまでも軽く首を反《そ》らすと喉の線を指先でなぞられ、最初はそうでもなかったのに二回三回と繰り返されるうちに、なぞられた感触がいつまでも消えずジンジンしてきた。

「あっ……ハァ……」

　さらに首が反り、顎の下にハルが吸いつく。ピリッとした小さな痛みが、矢のように腰の奥へと落ちていった。

「あっ……ぁうんっ……」

　びくびくっと腰が跳ね、片膝が立つ。自分でもこんな反応をしてしまうとは思わず、驚くより先に恥ずかしさが襲う。

「かわいい……」

　ハルの声が艶っぽくて、彼を正視できない。あの顔でこんな声を出しているのかと思うと、どうにかなってしまいそう。

鎖骨に唇が這《は》い、気づけばブラウスのボタンをすべて外されていた。両肩を撫でられ、少しずつブラウスの開きが広がっていく。胸のトップからスルッと脇に布が滑ると、盛り上がるバストが強調される。手のひらで軽く隆起をたどったハルは、素早く背中のホックを外してしまった。

「あっ……」

「取るよ？」

返事もできないままに、ブラウスごと腕から抜かれる。隠してしまいたいが、隠せば叱られそうな気がしてできない。

ふくらみのラインを両手でなぞられ、手のひらが軽く頂《いただき》に触れる。それだけなのに雷《かみなり》にでもあたったかのような刺激が走った。

「ひゃぁっ……！」

我ながら情けない反応を見せてしまい、思わずハルの両手を掴む。ハッとして彼を見ると、ふわりと微笑みの直下弾が落ちた。

「いや？」

その表情に戸惑いが破壊される。この人に求められて拒絶するなんて、許されることじゃない。そんな気分になってしまうのだ。

「いや……ではないんですが……、その……、男の人に胸を見られるなんて、初めてで……」

「そんなことないよ？　見るのは二度目」

「そうですね、二度目……えっ⁉」

ハルからそらしかかっていた視線が驚きとともに戻る。二度目と言われても、ハルの前でブラジャーなしでウロウロした覚えはない。せいぜいお風呂上りにタオル一枚の姿を見せたことがある程度だ。

「モデルになってもらったとき」

「モデル……、でもあのときは背中で……」

「途中で杏奈の顔を覗きにいったでしょう。あのとき」

「顔……」

記憶がぐるぐる廻《まわ》ってくる。モデルを務めたとき、ハルは杏奈の緊張を解くためにいろいろしてくれて、途中「約束違反」とおどけながら杏奈の顔を覗きこみにきた。

……しかしあのとき、彼は顔しか見ていないと言わなかったか……。

「ハルさん……顔しか見てないよ、って……」

「そりゃぁ、そう言うでしょう。かわいい胸が見ーえた、なんて言ったら、杏奈の恥ずかしい病マックスでしょう？」

「それはぁ……」

間違いじゃない。たとえハルが女性なんだと信じこんでいても、恥ずかしくなってモデルどころではなかったかもしれない。

「す……すみません……、撮影の気力が萎えそうなもの……見せていたんですね……」

「もぉー、杏奈ぁ、自己評価低いぞっ。こんなキレイなおっぱい持ってんのにっ」

だしぬけに手のひらいっぱいに掴まれて、「ひゃっ！」と声が出た。

「色白だし餅肌だし、乳首ちっちゃくてベビーピンクだし、これで萎えるとかありえないって。あー、もぉ、すでに下半身がやばいんですけど、アタシっ」

おそらく、これと同等のセリフを男性口調で普通に言ったなら、かなり羞恥心にヒットするのだと思う。しかしハルの明るい口調で言われてしまうと照れ笑いしか出てこない。

「あっ……ハルさ……」

しかしなごんで笑っている余裕もそれほどなく、杏奈の胸のふくらみを鷲掴《わしづか》みにしたハルの手が、五指を好き勝手に動かしその柔らかさを堪能しはじめる。喰《く》いこんでくる指の感触が、内側の熱を上げていった。

「ハルさ……んっ、手を……ぁっ……」

刺激に誘導されて出してはいけない吐息が漏れてしまいそうで、杏奈は気をつけながら口を開く。

手を離してほしいような、ほしくないような。どちらにしろ恥かしさから出た反応だったのだが、わかっているのかいないのか、すぐにもう片方も彼の手で包まれた。

「ん？　こっちも？」

「ちちち……違っ……」

「ほんっと、餅肌っ。ちょっとぉ、限界なんですけど～？　どうしてくれんの？　下半身痛い」

「下半身痛いとか……、ハルさんっぽくないですよぉ……。ちょっ、ぁ、ダメェ……」

「ん～、だって、仕方がないでしょぉ？」

両胸の肌質を堪能しながら、ハルが杏奈の耳元に唇を近づける。細い吐息を耳孔に吹きこまれ、ぶるっと身震いが起きた。

「こんな顔なのは生まれついてのものだから仕方がないし。話しかたと態度も、このほうが仕事がしやすかったし生きていきやすかったからで……。杏奈が言うように女性になりたかったわけでもなければ、たまに疑われる同性愛指向なわけでもない。……普通に男だからね。——気になって仕方がなかった女の子にさわれば、反応しっぱなしなのも当然なんだよ」

気になって仕方がなかった……のところが強く耳に残る。そこのところを詳しく聞きたいのに、耳にかかるハルの吐息が刺激的で口をはさめない。

ずっと耳元で話されたら、意識ごと蕩《とろ》けて動けなくなりそう。

「杏奈、アタシ、男だからね。わかってる？」

「わかって……ます」

杏奈は両手をハルの胸につける。押し戻すのではなく、ちょっと力を入れてシャツの上から彼の胸を撫でた。

「ハルさんは、男の人ですよ……。だって、胸もこんなに固いし、それに……すごく強い……」

ニューヨークでも軽くハグすることはあったが、彼の胸の固さなんてわからない程度だった。昨日男性とわかっても、わかっただけで実感はなかったのだ。

しかし富川から助けられたときハルの胸に抱き寄せられて……実感した。

広い胸と力強い腕、さりげない香水の香りに含まれる……男性みあふれるフェロモン……。

この人は、本当に男なんだ、と。

「でも……いやじゃない。ハルさんには、さわられても平気なんです……。わたし、きっと……ハルさんが好きなんです……。だから……」

「杏奈……」

「ごめんなさい……おかしなことを言って……。でも、女の人だって思いこんでいたときからハルさんには憧れていて……、男の人だってわかったら、その憧れがもっと特別な感情に変わっちゃったっていうか……」

「それなら私は、杏奈の前で男になっても許されるんだね？」

言い訳がましく動いていた口が止まる。ハルの声が、とても男性らしい力強さで杏奈の鼓膜に襲いかかったのだ。

（ハルさん……男っぽいっ）

男性なのだから男っぽいのは当たり前。いつものハスキーボイスに重みが加わり、アタシから私に変わっただけでとんでもなく魅惑的だ。

声で殺されそう……とは、こういうときに使ってもいい気がする。

杏奈から離れてソファの座面に膝立ちになると、ハルは彼女の脚をソファに伸ばしてから自分のシャツを脱ぎ捨てた。

「お許し出たから、遠慮しない」

流れる髪をうしろに払うと、彼の上半身がはっきりと目に入る。なめらかな肌に程よく筋肉質な上半身。こうして見ると上腕も逞《たくま》しくて、スレンダーな美人さんのイメージが消えてなくなってしまう。

（ハルさんの裸……綺麗）

美術館で見る彫刻のようだと思うも、見惚れている余裕はない。一片の躊躇もなくハルが杏奈のスカートを取り、ついでにとばかりにショーツも取り去ってしまったのだ。

「はっ、早っ、……ハルさんっ、素早すぎっ」

「杏奈の気が変わったら困るから」

「か、かわりませんっ」

ムキになりつつも身体を横にひねっていく。いきなり脱がされてしまったせいもあるが、明るい照明の下に全裸をさらされるのはなかなかに恥ずかしい。

「じゃあ、隠さないで、見せて」

ひねりかかった身体を戻され、ハルの唇が胸のふくらみに吸いついてくる。脇のラインから胸の下へ。谷間を舐めあげ、上を向く頂を口に含んだ。

「あっ……やっ」

軽く吸われただけでピリピリとしたものが胸いっぱいに広がる。濡《ぬ》れた舌が先端で動くたび小さなしこりが右へ左へと嬲《なぶ》られ、そうされると胸に広がった熱さが腰の奥に落ちて、おへその裏側がジクジクした。

「ンッ……ん、や、んっ……ハルさぁ……ン」

　このもどかしさを伝えようと思えば、甘ったるい声ばかりが漏れてくる。こんな声を出してしまってもいいのかと迷うものの、止めることができない。

「やっ……ぁあ、胸……先、くすぐった……あぁん……」

「いいよ。もっとくすぐったくなって」

「ンッ……ん、やぁ……ぁ」

　もう片方のふくらみをやわやわと揉《も》みしだかれ、先端をつままれる。ハルの手は一見形がよく柔らかそうに見えるのに、こうして小さな突起をよじり擦りまわすときは無骨な指でもてあそばれているような荒々しさを感じた。

（ハルさんじゃないみたい……）

　彼の二面性のようなものに、胸の奥がきゅうっと絞られる。同じくして白いふくらみを強く揉みこまれ、痛いような気持ちいいような不確かな感覚に襲われた。

「あっあ……胸、やぁぁん……」

「すっごく気持ちよさそう。あんなに綺麗なピンクだったのに、興奮して赤くなって……」

「そ、そんなの……見ないでくださ……」

「どうして？　せっかく私に感じてくれているのに」

　これがハルの素の声なのだろうか。ただ聞くだけなら男性の声に聞こえるし、そこに含まれる艶が堪らない。

聞いているだけでゾクゾクして、その声を発している彼を見たくなる。

「ほら見て。……こんなになっていたら、嬉しくていつまでもさわってしまう」

ハルが言ったタイミングと、杏奈が彼を見たくて胸元に視線を落としたタイミングが合いすぎる。まるで自分の興奮状態を確認するために目を向けたかのようだ。

彼もそう思ったに違いない。杏奈を見て、ちょっとずるい笑みを見せた。

「感じて赤くなって……。でもそれを認めないんだ？　恥ずかしがり屋だね、杏奈は。そこがかわいいけど」

「んんっ、やぁん……」

尖《とが》り勃った先端が赤い舌でねっとりと舐《ねぶ》られる。杏奈が知っている色ではなくなってしまったそこは舌の動きに合わせて動かされ、ぐにぐにと押しこめられてもすぐに浮き出てくるほどに凝っていた。

「んっ……あ、あぁ……ンッ、舐めなっ、ぃ……で」

もう片方のふくらみも強弱をつけて揉みこまれ、肌の熱が上がっていく。ほどなくして白い肌は薄っすらと汗ばみ、桜色に染まった。

「ハァ……あっ、あ……ダメ、そんなに……揉まない……あぁんっ……！」

上半身が重くなっていく。胸から発生している未知の熱さが体内を駆けまわっているようだ。

「本当に柔らかくて気持ちのいい肌……。食べてしまいたい……」

「ダメェ……食べちゃ……あぁ、あっ……！」

「私でも駄目なのかな？　杏奈？」

「ンッ……」

ゾクゾクゾクッと官能が駆けあがってくる。ハルの声が、匂いが、眼差《まなざ》しが、彼のすべてが杏奈を酩酊《めいてい》させる。

「ハルさぁ……ん……、ンッ、あ……」

切なげな声は、どこかお願い事を隠しているようにも聞こえる。言いたいことはあるのだが、こんなことを言ってもいいものかと思うと口に出せない。

胸や耳から流れこんでくる疼《うず》きが腰の奥から下半身へ流れていく。きつく締めた内腿《うちもも》の奥がずくずくするのだ。

これをどうしたらいいのかわからなくて、どうにかしてほしくて口に出してしまおうかと思うのだが……恥ずかしい。

「こっち、我慢できなくなってきた？」

ハルの片手が下半身に下がってきて、杏奈は一層強く腿を締める。いやだとか抵抗しているつもりとかではないのだ。……この部分が、自分でも予測できない事態になっているような予感がしていて、さわられるのは覚悟がいる。

「ん？　恥ずかしいのかな～？　照れなくていいのにぃ～」

いつものハル口調になり、気が抜ける。

「スキありっ！」

「きゃぁっ！」

片脚だけを上げられハルの胸に預けられる。そのとたん、脚のあいだで大量の潤《うるお》いが広がる気配がした。

「あっ……やぁっ……！」

ハルの肩を掴んで上体を起こしかかる。焦る杏奈の胸の内を知ってか知らずか、ハルはその原因に指を這わせた。

「大洪水。とんでもなく感じてくれたんだ？」

「ご……ごめんなさい……」

脚のあいだがぬるぬるしてきたことには気づいていた。内腿のあたりまで湿ってしまい、ソファを汚したら困るとか、ハルのトラウザーズにつけてしまっては大変だとか思い、必死に内腿を締めていたのだ。

快感を得ればこういった反応が起こるのは知っている。

しかしまさか……こんな、まるで粗相《そそう》をしてしまったのかと思うくらい濡れるものだなんて……。

気まずさを感じていると、ハルがソファから下り、杏奈をひょいっと姫抱《ひめだ》きにした。

「ハルさ……」

「ゴメンね、杏奈」

戸惑う杏奈のひたいにキスをして、ハルは素早くベッドルームへ移動し大きなベッドに杏奈を下ろした。

「あんな場所で急《せ》いてゴメン。杏奈はハジメテだし、いろいろ不安なのに。最初からベッドに誘えばよかったね」

「あ……いえ……、あの、ソファ……汚さなかったかな、って……」

「そんな心配してたんだ？　なんにしろ、心配なんてさせてゴメン。お詫《わ》びに、不安なんか吹き飛ぶくらい気持ちよくしてあげるからね」

「さっきまで……信じられないくらい気持ちよかったですよ？」

杏奈の言葉に、ハルは目をぱちくりとさせる。こういった表情のときはいつものハルに戻るなとドキリとしたとき、彼がぷっと噴き出し、杏奈にキスをした。

「杏奈は言うことがかわいいよね」

「ハルさんにかわいいって言われると、すごく照れます」

「本当のことだよ」

杏奈の頭を撫でてから、ハルが身体を下げる。

「仕事以外で、女性にかわいいなんて言うの……杏奈が初めてだ……」

嬉しい言葉に胸が高鳴るが、両脚を大きく広げられたのを感じてドキリとする。すぐにその中央にぬるっとした感触が走り、羞恥のゲージが急上昇した。

「ハルさっ……ダメっ、あっ！」

肘を浮かせて身体を起こしかかった瞬間、秘部に溜まった蜜液をジュルジュルッと吸いたてられる。その刺激に、杏奈は喉をそらして嬌声《きょうせい》をあげた。

「ぁあっ、あっ……やっぁぁんっ……！」

いまだかつて経験したことのない、抗《あらが》いがたい快感。問答無用に発生するそれが全身を痺れさせ、堪らず両膝が立ち、もどかしさを伝えるように足がシーツを擦った。

「あぁぁぁ……ぁっ、やぁ……痺れっ……！」

蜜を吸いたて、舌が放埓《ほうらつ》に暴れる。脚のあいだから強烈な電流が駆けめぐった。

「あっ、フゥ……ンッ、ハルさぁ……ぁっ」

何気なく顔を向け、ハルの顔が自分の脚のあいだにあるのを直視してドキリとする。ベッドルームの灯《あか》りはベッドサイドのシェードランプだけだが、温かみのある光に照らされたレッドグラデーションの髪がハルを包み、怪しく淫靡《いんび》な雰囲気を作りあげている。

べちゃべちゃ、くちゃくちゃ、と、なんともいやらしい水音が響くなかで、彼が自分を貪っているのだという事実が信じられない。

「あぁ……ハルさっ……、あっ、あ、ダメ……ぁゥン、食べちゃ……」

今にも食べられてしまいそうな感覚は、恐怖ではなく目まぐるしい官能を連れてくる。体温が一気に上がり、熱で頭が朦朧《もうろう》とした。

熱いのにゾクゾクする感覚は止まらない。舐めしゃぶられる秘園から、もどかしさが駆けあがってくる。

「食べちゃいたい……」

「あっ、ンッ……あっ、ダメぇぇっ――！」

お腹の中で、ぱしゅんっとなにかが弾ける。大きく膨らんだ水風船が弾けたかのよう、重くもったりした余韻が広がり、嬲られる花芯の奥が疼いた。

「あっ……ぁ、ハァ……」

肘が崩れ、背中がシーツに落ちる。息が乱れて腹部が波打った。

今の小さな爆発がよくわからないままの杏奈を置き去りに、ハルの舌は動き続け容赦なく膣口《ちつ》をすすった。

「あっあ、あっ、ダメっ……またっ……あウンッ……！」

再び疼きの塊が膨らみはじめる。先程と同じ刺激が襲ってきそうな予感に、杏奈は思わずハルの頭を押さえる。

戸惑いの中にいる彼女を面白がるよう、舌先が膣口をくすぐる。ちゃぷちゃぷと食まれ、彼の前に余すところなくさらされた秘部が溶けてしまいそうなほどに熱い。

「あっあ、んん……舐めな……」

「いっぱい出てくるよ……、ここ……」

とめどなく蜜があふれるそこを舌でぐりぐり圧《お》されると、なぜか奥のほうにまでむず痒さが走る。水風船はまたいっぱいになって、ハルの舌に誘われ再び官能を弾けさせた。

「んぁっ……！　あぁ、やぁぁん――！」

達した衝撃が下半身に甘い電流を流す。膝を立てたまま両肢が攣《つ》り、つま先が立った。

「杏奈はイイ子だね……。もっとトロトロにしてあげるから……」

「ハ……ハルさっ……あっ！」

出し抜けにまた強い刺激に襲われ、腰が浮いた。

「あっ、ひっ……あぁぁっ……！」

今まで感じたことのない刺激だ。逃げようのない悦楽に強制的に引っ張りこまれるような鋭さを持っている。

「ひゃぁ、ぁっ……ダメェ……ハルさっ……そこ、ああっ！」

「艶々してかわいいよ。すっかり顔を出して、さわってくれるのを待っていたみたいだ」

秘部の上のほうで陰核をついばまれ、熱い舌でねちねちと擦り回される。静電気のように弾ける快感にいちいち腰が揺れ、そのたびに秘部をハルに押しつけてしまっているようで堪らない。

性感帯の塊がそこにあるという知識だけで、意識したことはなかったが、こんな爆弾めいたものだとは思わなかった。

「あっ、ふぅ……ぁぁっ、やぁ、そこぉ……痺れっ……！」

痛いほどの刺激だが、そこには甘やかなものも混じっていて、どうしても「やめてくれ」とは言えない。

狂暴な刺激は、早々に杏奈を絶頂に押し上げた。

「ああん……やぁ、ゥウっ、アぁぁンッ――！」

腰が痙攣し、今までよりも大きく弾けた気がする。最後には泣き声になるほど思考が朦朧とした。

「イクの……すごく上手だ……」

上半身を上げたハルが、唇を指で拭いながら舌なめずりをする。いやらしい光沢をもつ潤いを舐め取る赤い舌が、妙にエロティックでゾクッとした。

「ハル……さぁん……」

我ながら情けない声が出てしまった。困った顔で微笑むハルが杏奈の頭を撫でる。

「ごめんね、いじめちゃったかな？　でも、杏奈がすごくかわいいから、我慢できなくて……」

優しく撫でてくれる手の感触に心がやわらぐ。同時に、この手にいろいろなことをされてしまったのだと思うと腰の奥がもどかしくなり、グッと昂《たか》ぶった。

「ハルさん……、気持ち……よかったです……」

「うん、三回もイってくれたからね。だいぶ、ほぐれてくれたとは思うけど……」

杏奈から離れて、ハルがベッドから下りる。トラウザーズを脱いでなにかをしているようだったが、角度のせいか髪のせいか、よく見えなかった。

「痛くしたら、ごめんね」

全裸になったハルがそう言いながら戻ってくる。おそらく、これからひとつになるための準備をしていたのだと予想ができた。

「大丈夫、です……。ハルさんになら……痛くされても……」

「そう言ってくれるのは嬉しいけど、痛くて泣かれるのはつらいから。痛かったら……」

「痛かったら？」

「手ぇ上げてくださいねぇ～」

「歯医者さんですかっ」

おどけて手を上げるハルが楽しくて、杏奈は噴き出してしまう。そうしているうちに両脚を彼の膝にかかえ上げられた。

「あ……」

腰が浮いた状態でハルを見ると、自然と下半身も視界に入る。直視できないまでも大きくそそり勃つモノが見えて、あれが自分の中に入ってくるのだと思うと腰の奥がずくんと疼いた。

脚のあいだを切っ先で擦られ、潤んだ秘部が掻き荒らされる。それだけでもどかしさが溜まって、これから大きなものを迎える入口が準備運動よろしく蠢《うごめ》いた。

「挿《い》れるよ」

「はい……ンッ！」

破瓜《はか》の痛みとはどれほどのものなのだろう。覚悟をして身を固め、脚のあいだに意識を持っていく。自分の身体が秘密の口を開け、大きな質量を呑みこんだ瞬間、両脚の付け根に突き刺さってくる痛みが走った。

「ンッ……！　うっ、あっ……！」

出そうになる叫び声を押し殺し、片手の甲で口を押さえて、もう片方の手で強くシーツを握った。

「ごめんね……痛いって手を上げてくれても……やめてあげられない……」

ハルの声まで苦しそうなのはなぜだろう。もしかしたら、男性も処女を相手にするときはつらいものなのだろうか。

やはり処女だと、慣れていないから挿入しづらいなどの理由があるのだろうか。

「やめないで……くださ……ぃ」

本当にそうなのかはわからないけれど、つらいにしろ、つらくないにしろ……。

「ハルさんに……ちゃんと、シてもらいたいんです……」

「杏奈……」

ハルが、求めてくれたのが嬉しい。

杏奈の様子を見ながら、ハル自身がぐぶぐぶと進んでくる。未開の奥地をめざし、狭隘《きょうあい》な蜜路を拓《ひら》きながら侵入してきた。

「ンッ……ぅ、んっ……」

少し進むたびに体内がいっぱいになっていく。ギシッ……ギシッ……と軋《きし》みながら、自分ではないもので埋められていく。

「きつっ……でも、いい感じに絡んでくれて……引っ張られる……」

苦しげに息を吐くハルが少し膝を進め、さらなる奥を目指す。だいぶ入ったのかと思ったが、どうやらまだのようだ。

「杏奈、痛い？」

「だいじょ……ぅぶ……、あっ、ぁ、ゥン……」

息を詰めているせいか、苦しげな声が出てしまう。もう少し普通に言えたらハルも安心するだろうと思うのに。

「でもぉ、やっぱり痛いよね？　ごめんねぇ〜、アタシの、おっきいからっ」

ハルの明るい口調であけすけに言われ、つい笑ってしまった。

「も、もぉっ……ハルさん、なんてことをっ」

お腹が詰まった感触のせいか声を出して笑えない。それでも苦笑いをしてみせると、両手を取られ指を絡めて握られた。

「そうそう。そうやって笑ってリラックスして。ちゃんと呼吸もしなきゃ駄目だよ。じゃないと、いつまでもキツすぎて、私が入っていけない」

「えっ……、ご、ごめんなさい」

「いいよ。怖くて力が入ってしまうのは仕方がない。でも……」

不意に腰を進められ、お尻に力が入るものの先程までの痛みを感じない。痛みはあっても全身に響いてくるものではなかった。

「私を受け入れてくれて、ありがとう。杏奈」

わずかに残っていた緊張が、ふっとほどける。その瞬間、感じていた痛みなどどうでもよくなった。

こうして力を抜くことで、ハルを全身で受け止められる。それがわかった気がした。

「ハルさん……わたし……」

絡められた指をキュッと握る。ハルの顔を見ていると嬉しくて、彼でいっぱいになっていく自分が幸せで埋められていく。

「ハルさんに会えて……よかった……」

「杏奈……」

絡めた指が強く握られる。一瞬ハルがつらそうに顔をゆがめた気がしたが、それを気にさせてはもらえない。ハルの腰が進み、深いところにズンッと衝撃が走った。

「アァぁンッ……！」

身体が反り、腰が逃げそうになるものの、ハルに手を引かれて元に戻った。

「入ったよ……全部」

「……ハ……ルさ……ん……あっ」

繋がり合った部分からの充溢《じゅういつ》感がすごい。自分の体内に隙間がなくなったかのよう。しかしこれも、身体全体でハルを感じているのだと思えば苦しくはない。

「動いていい？」

杏奈がこくりとうなずくと、ハルはゆっくりと腰を揺らす。奥まで詰めこまれた雄茎が、ゆっくりと未熟な姫洞をほぐしはじめた。

「あっ……ンッ……」

内側を擦られるのを感じるたび、ゾクゾクしたものが走る。自分の中を異物が行き来する感触が不思議なものに思える。

「大丈夫？　杏奈……。杏奈のナカ、温かくてすごく気持ちがいいよ……」

「ハルさぁ……ん……」

絡めた指を揉みほぐすように動かし、ハルは少しずつ抜き挿しの幅を大きくしていく。微笑みながら見つめてくれるのが嬉しくて、目が離せない。

彼の動きに合わせて綺麗なレッドグラデーションがシェードランプの灯りの中で揺らめくと、自分は人間に抱かれているのか、それとも人ならざるものに抱かれているのかわからなくなった。

「あっ……ぅんっ、ンッ、きれい……ハルさ……あぁっ」

「ん？」

「こんな……ぁンッ、綺麗な人とこんなこと……、信じられなぃ……」

指を絡めたままハルが上体を倒してくる。絡め合った手を杏奈の顔の横に置き、そっと唇を重ねた。

ちくちくと唇を吸われ、口腔内を丹念に舌でなぞられる。杏奈のすべてを堪能しようとする舌の動きに扇情された。

「あ……ンッ、ぅうん……」

ぺちゃぺちゃと唾液が弾け合う音が、下半身の水音と連動する。杏奈の様子を見ながら繰り返される律動は、徐々に大きくなってスピードを増していき、そこに溜まる蜜の濫《みだ》りがわしいハーモニーは複雑になるばかり。

「杏奈のほうがかわいいし、綺麗だ」

「そんなことなっ……」

「ある」

少し大きく引かれた腰が、すぐに戻って深くまで男根が挿しこまれていく。何度も繰り返されるうちに甘い疼きが広がっていった。

「ハァ……ぁ、んっ、あぁぁ……」

意識せずとも出てしまうあえぎは、もはや止めようがない。快感というエサで杏奈の膣襞《ひだ》を飼い慣らし、擦り上げながらどんどん与えられる。

大きな圧迫感と摩擦の熱。彼の力強さが杏奈を恍惚《こうこつ》とさせた。

「はぁ……あっ、あ、ハルさん……あっンンッ……!」

「イイ顔……堪んないな……」

優しげな声が上ずり、微笑む表情には余裕のなさが感じられる。

この人がこんなに興奮するなんて。それも、自分相手に……。そう思うと、杏奈の肌がゾクゾクと粟立《あわだ》つ。

「痛くない?」

動きが大きくなってきたので、気遣って聞いてくれたのかもしれない。しかしもう、下半身いっぱいに広がるこの感覚が痛みなのか気持ちよさなのかよくわからない。

たとえ痛みなのだとしても、それさえも快感に変わっているような気がした。

「わから……な、い……、あっ、ぁぁっ……ハルさんが……気持ちよくしてくれるから……」

「私も信じられないほど気持ちがいいよ。……杏奈っ、さいこうっ」

最後のほうで少しおどけて、ハルは強めに内奥を穿《うが》つ。震えたついでに杏奈が背を反らすと、突き出された胸のふくらみに喰いついた。

「あぁぁんっ……ダメェ……！」

ちゅぱちゅぱと先端を吸いたてられると、そこから蕩けてしまいそう。そうしながらも蜜窟を荒らされ、渦を巻くように快感があふれてくる。

「あぁ……やっ、アンッ、ンッ……」

こんなにも気持ちがよくていいのだろうか。杏奈はハジメテなのに。

「ハルさ……あぁ、コワ……い、ンッ……ああっ！」

「どうして怖いのかな？」

「だって……だってわたし……こんな……、あぁぁん！」

ハルの抜き挿しも止まらないが、杏奈の嬌声も止まらない。こんなにおかしな声ばかり出しても大丈夫だろうかとも思うが、ハルなら許してくれそうな気がして、つい甘えるままに出してしまう。

出したほうが、ハルを感じている自分を実感できて……心地よい。

「いいんだよ、杏奈。怖がらないで。感じてくれたほうが、私は嬉しい」

「ハルさ……アぁ……ンッ！」

許してもらった身体は、もっともっと従順に快感を受け取りはじめる。狭窄《きょうさく》な隘路を圧し拓かれるごとに発生するめくるめく快感は、杏奈を翻弄し続けた。

「ぁっ、あ、身体のナカ……へん……ああっ！」

擦り上げられている場所から、蕩けだしてしまいそう……。それくらい、自分の中が柔らかくなっている気がする。

「ヘンになって、いいんだよ……」

ハルの抽送が速くなっていく。ぐちゅぐちゅと淫音をたてて出し挿れされる剛直が、杏奈を求めて彼女の官能を貪る。

一点を狙って突き上げられ、何度も何度も抉ぐられた。

「やっ、やぁ、……ひぁ、ぁっ、ああっ！」

大きすぎる愉悦に杏奈の悦声も大きくなる。蜜壺の内奥を掻き交ぜられ、切っ先がゴリゴリと凶暴な快感を押しつけてきた。

「ダメっ、ダメェ……そこっ……あぁっ！」

「いいよ。素直に感じて」

杏奈にためらう隙を与えまいと、ハルは激しく腰を使う。肌がぶつかる音が信じられないくらい大きく響き、同時に身体が大きく揺さぶられた。

与えられる快感を受け取ることに無我夢中になっている身体は、受け取りきれなくなった瞬間、出し抜けにそれを爆発させた。

「あっ……やっ……、なにっ、やぁぁぁンっ────！」

達することに予測も覚悟もできなかった。杏奈は大きく震える身体でシーツを握りしめ、背を攣らせる。

隘路に力が入るとハルの滾りを締めつけてしまう。しかしそこを緩急させることでまた新しい刺激が生まれ、お尻側がキュッと締まった。

「イっちゃった？」

「……ごめ……なさぃ……」

なにか恥ずかしいことをしてしまった気がして、杏奈は小声で謝る。クスリと笑んだハルに身体を持ち上げられ、ベッドに座った彼の腰を跨《また》がされた。

「ハ、ハルさん……」

「そのまま抱きついて。杏奈は、ただ感じているだけでいいから」

「そのままって……あぁんっ！」

いきなり強く突きこまれ、大きく震えた身体はとっさにハルに抱きつく。

すがってくる柔らかな身体を抱きしめたハルは、繰り返しその中を存分に突き上げた。

「あぁ……！　やっ、や、強っ……ああんっ！」

今までよりも強く激しい突き上げに、杏奈はただ身体を固めるしかない。中を掻き荒らしながらも結合部分を擦りつけられ、蜜にまみれた秘珠を刺激された。

「んっ、ンッ、やっ……ああん、そこ、そこ擦っちゃ……ああっ！」

「ここをいじめなくてもイけそうだけど、最初っからナカでばっかりイくと体力を消費しちゃってかわいそうだから……。ね？」

「なに……が、ですかぁ……、あぁ、もう、ダメっ、ハルさぁん……！」

「んー、やっぱり？　すっごく締めつけてくるし、ナカすっごく騒いでるから、そうかなーって。じゃぁ、一緒にイこうか？」

ちょっと軽い口調にはなったが、なごんでいる余裕はない。口調が明るかろうが重かろうが、彼の剛強は容赦なく杏奈の官能を籠絡させた。

「あっ……ぁあ、ダメェっ、ハルさっぁあっ――――！」

「杏奈っ……」

大きな愉悦が駆けあがってきて、頭の中で弾ける。最奥で止まったハルが杏奈を強く抱き締め、数回腰を揺らした。

「あ……ハァ……ぁ……」

息が乱れ、忘我の果てに持っていかれそうな意識を保とうと、強くハルを掻《か》き抱《いだ》く。汗と一緒に彼の髪がまとわりつき、ひと房強く握って頬にあてた。

「ハル……さぁん……、ぁっ、あ……」

余韻が強くて下半身が落ち着かない。隘路は収縮を続け、彼の形を忘れまいと脈打っている。

「杏奈……」

同じくらい息を乱したハルの唇が重なってくる。喰いつくようなキスをされ、繰り返し抱き直される。しっとりと汗ばむ肌が気持ちいい。ハルの匂いがいつもより濃く男っぽい気がして、なぜか腰の奥がきゅんきゅんした。

「ハルさん……好き……」

うっとりと口から出る言葉は、幸せの余韻の中で漂う。

「……私も、好きだよ……」

彼の囁きが全身に沁《し》みる。こんなにも幸せなことがあってもいいのだろうか。

陶酔する杏奈の耳に、ハルの小さな小さな囁き声が迷い込んだ……。

「……ごめん……、好きになって……」

「わたしも……ごめんなさ……ぃ……」

——ハルさんみたいな……素敵な人を好きになってしまって……。

「杏奈が謝ることはないんだよ」

小さく笑ったハルの唇がひたいに落ちる。

彼の囁きを、自分と同じように恍惚に浸った身体からでた睦言《むつごと》に位置づけ……。

杏奈は、ただこのときに酔いしれた。

＊＊＊＊＊

『ハルさん、機嫌悪いでしょう？』

クローバーは察しがいい。

とかく、ハルに関しては格別に察しがいい。

それなので、ごまかすのは無駄な労力というものである。

「まぁ、そうかもね」

ひとまず正直に返事をし、ハルはスマホ片手に大きく前髪を掻き上げる。全裸のまま深くソファに腰掛け、高く足を組んだ。

『……オタノシミのところ邪魔をしたのは悪かったとは思いますけどね。緊急だったので……』

「心配しなくても、カワイイ子片手にうとうとしていただけだよ」

『……朝までコースじゃなかったんですか？』

「本命に無理はさせない」

『優しいですね……』

スマホの向こうから、顔は見えなくとも漂ってくる……『台風がくるんじゃないか……』と言いたげな雰囲気。

最初こそ責められたものの、クローバーはハルが杏奈に惹《ひ》かれ本気になっていることを楽しみはじめている傾向にある。それだから、ハルが誰かのためにいつもと違う行動に出て、幸せを感じている姿を見るのが嬉しいのだろう。

からかう意味で楽しんでいるのではない。

――ハルが、心を開ける女性を見つけたことが嬉しいのだ。

ハルが嬉しそうな姿を見るのは、クローバーも嬉しい。言葉と表情が足りない男だが、ハルもそれはわかっている。

『本命に優しいのはいいのですが、優しさはちょっと置いておいてください。……ロシア側が動きました。数日のうちに日本へ来るでしょう』

口調が深刻になったクローバーにつきあうよう、ハルは脚を下ろして深く凭《もた》れていた背を戻す。前かがみになって腕を膝に置き素に戻ろうとしたときベッドルームへ続くドアが目に入った。

早くベッドに戻って杏奈の柔らかい肌を感じたい……。

着信音に邪魔をされるまで、眠る杏奈を胸に抱いて夢心地だったのだ。

……機嫌が少々悪くなるのは……当然のこと。

しかし、クローバーの情報は聞き逃せないものだ。判断を間違えれば杏奈を胸に抱くことなどできなくなる。ハルはすぐに口調を変えた。

「約束は二週間後だ。早くないか。なにかの取引ついでか？」

『先に動いているのはニコライ氏のグループです。ボスのほうは約束通りの日程かと』

「ニコライだけ……」

ふと、いやな予感にとらわれる。それはクローバーも同じだったようで、深刻な声が聞こえてきた。

『ハルさん……時期が悪すぎます……。もしもの場合に備えて、……彼女には、……話をしておいたほうがよいのでは？』

クローバーが言うとおり、知らないよりは知っていたほうがいい。こちらの事情を知れば、杏奈だって身辺に気を配るだろう。

とは思うものの、いや、もしかしたらと、いやな憶測が胸を埋める。

……巻きこまれるのはごめんだと、ハルの腕から逃げてしまうかも……。

「今回で向こうとはカタをつけるつもりだった。……杏奈が……気づかないうちに……」

彼女はなにも知らないまま……カタがつけばいい。何事も起こらなければ……。

『ハルさん』

クローバーの気遣う声が聞こえる。ハルはちょっと鼻で笑って自嘲気味に呟いた。

「私の父親がロシアンマフィアのボスだなんて……。おまけに後継者争いに巻きこまれているなんて……。そんなことを知ったら、杏奈が怖がって泣いちゃうよ……」

第三章　運命と向き合う人

「ほーら、終業時間だよ。帰れそう？」

丸めた書類で頭をポンッと叩かれ、杏奈はパソコンから顔を上げる。

杏奈の頭を直撃したばかりの書類で自分の肩を叩きつつ、明菜が笑顔で立っていた。

「大丈夫です。もう片づけようと思っていたので」

「そっかぁ、やっぱり飛び入りの仕事が入らないと、予定どおりに自分の仕事が進んでいいね」

「……そうですね、自分の仕事をちゃんと進められるので」

予定外の仕事が入らないのは大変助かるのだが、今までそれを振られていた側からすればハッキリ言ってしまうのも気まずい。

明菜もそれを悟ったのだろう。今度は書類で杏奈の頭を横に撫でる。

「いいんだよ、ハッキリ言っちゃっても。……もう、なにも言われないし……」

明菜が顔を向けた先へ、杏奈も目を向ける。視線の先には、整理され誰も座っていない席があった。

そこは、相田の席だった場所だ。

「……なんか、昨日のことみたいだけど、もう一週間になるんだね。慌ただしかったけど、あっという間になにもなかったみたいに収まっちゃって」

「そうですね……」

――週明け月曜日のこと。相田は、いきなり解雇を言い渡された。

先週の金曜日には、富川に待ち伏せされるトラブルがあった。出社したらなにを言われるだろうと、杏奈は内心ヒヤヒヤしていたのである。

しかし朝からオフィスに相田の姿はなく、昼になって解雇の噂が囁かれはじめたかと思うと、その日のうちに人事部が相田のパソコンや資料や私物をまとめ、席がもぬけのカラになった。

席の片づけをしている際、人事の社員と一緒に私服の警官がいたらしい。

時を同じくして、富川の店から入っていた仕事がすべてとんだ。

そのことから、契約金などのトラブルがあったか、相田が得意としていた過剰な接待が今になって問題視されたかと、憶測が飛び交ったのである。

さすがに警察が介入しては、上層部も庇《かば》いきれなかったようだ。

相田が担当していた仕事は、すぐに他の社員に分配され穴が空かないよう調整された。

杏奈にも回ってきたが、それほど大変なものではない。

もっとも、難易度の高い仕事があればもすべて杏奈に回し、ときとして自分がやり遂げた仕事のようにふるまう人だった。

いなくなってくれたおかげで……と言っていいものか迷うところではあれど、……杏奈の仕事は入社して初めて順調に進んだ一週間だった。

スケジュールどおりに進むし、ほぼ、定時で仕事を終われる。

……そうすれば、毎日ハルに会えるし、長く一緒にいられる……。

仕事が進むのも嬉しいが、杏奈はそれが嬉しい。

「兵藤ちゃん、明日は？　出社しなくてすみそう？」

聞かれて杏奈は、えっへんと胸を張る。

「今週はバッチリですよぉ。そうですね……週明けに余裕を持たせたいから、土日で企画の詰めをやっておけばいいくらいですね。」

「あっ、すごいじゃない～。今週は平和だねぇ」

「はい……まぁ……」

おかげさまで……とは口に出しにくい。相田がいなくなったのを喜んでいるように聞こえる。

杏奈が苦笑していると、明菜は腕を組んで声を潜めた。

「……そんなに、兵藤ちゃんが気にすることはないんだよ。仕事が楽になったのは確かなんだから。……なにがあったのか末端にはわからないことだけどさ、おそらく仲良くしていた社長絡みなんでしょう？　あの社長、あくどい商売してたって噂だし、告発なのかなにかきっかけがあってなのかは知らないけど、悪いものが一掃されたんだって思って喜んでおこう？」

「そうですね……」

明菜が仕事に戻っていくと、杏奈は帰り支度を始める。明菜はフレックスで夕方から出社したので、まだ仕事なのだ。

今週は順調すぎて、これが普通なのだとしたら今までの自分はなんだったのだろうと思う。

「お先に失礼します」

杏奈が声をかけると、残っている社員から「おつかれ～」と返ってくる。オフィスの雰囲気がなごやかで、……心地いい。

これなら、まだこの会社で頑張っていける。そんな気がした。

「お礼、言わなきゃ……」

ぽつりと呟き、会社の外へ出る。日の入りがはじまった空は朱色を残し、昼間の陽射《ひざ》しと同じくらいまぶしい。ゆっくりと歩きながら片手をひたいにかざし、空を見上げた。

平日にこの明るさを感じられるのが信じられない。

（これも、ハルさんのおかげだなぁ……）

富川の店が摘発《てきはつ》された裏に、ハルの采配があったのは間違いがない。週明けに相田と富川の件を知ったとき、とっさに思いだしたのはハルが富川に忠告をうながしていたこと。

正攻法でいくと、クローバーにも話をしていた。

相田の解雇騒ぎが会社であったこと、富川の店からの仕事がすべて飛んだことなどをハルにも話したが、彼はクスクス楽しげに笑うばかりだ。

『仕事がやりやすくなってよかったね』

『……ハルさん……、なんかしたでしょう？』

『なにを？　覚えてないなぁ』

杏奈が罠《わな》にはめられそうになった直後のタイミングで、他に誰がこんなことをできるというのか。

『アタシの杏奈に悪さしようなんて、百万回くたばってろって気分』

あの綺麗な顔で毒を吐かれると、冗談なのか本気なのかわからない。

名のある写真家で起業家で、たくさんの人脈を持っているのはわかるが、この行動力に、改めてすごい人なのだと思わされる。

そんな人の恋人になってしまったのだと考えると……自分が信じられない。

――先週末ハルと気持ちを確認し合い彼に抱かれてから、杏奈はハルが所有するマンションに出入りするようになっていた。

出入り……というよりは、ほぼ住んでいると言っても過言ではない。

それも仕方がないのだ。仕事が終わってから彼に会ってマンションで抱かれてしまえば、そのまま朝まで放してもらえない。

そこから出社し、そしてまた仕事が終われば、帰りはハルが迎えに来ている。

食事をしたり買い物をしたり、夜のデートに興じても、最後は彼のマンションで肌を合わせてしまう。そして朝まで……の繰り返しだ。

そんな生活を送るようになっている自分が、一番信じられないかもしれない。

「だって……ハルさんが放してくれないんだもん……」

ついつい出てしまった呟きが、ほぼ惚気《のろけ》に感じる。ほぼというより完全にそれだ。

おまけに声が大きくはなかったか。焦って周囲を見回すが、表通りに出るまでの人けのない歩道。幸いなことに聞いていた者はいないだろう。

会社の前で待っていると杏奈が照れてしまうとわかっているからか、ハルは表通りに出たところにある駐車場で待っていてくれる。

ニューヨークではリムジンを使い、日本では国産車を使っている。それも八ケタの高級車をハルのプライベート用と仕事用で分けているので、この人はいったい何台持っているのだろうと思う。

今住んでいるマンションだって日本に滞在するとき用に持っているもの。都内にもう一箇所ある。常時住んでいるわけではないと思えばもったいない気もするが、ロサンゼルスと日本を行き来して活躍する彼にとっては必要なことなのだろう。

完璧に惚気だった自分の呟きが、急に恥ずかしくなってくる。

しかしハルが放してくれないのは本当だ。最初は、抱かれたあとに自分のアパートへ帰ると言ったし意思表示もした。のだが……。

「なによぉ、アタシと一緒にいたくないっていうのぉ？　もー、離してあげない。ぜぇったいに朝まで放してあげないんだからね！」

……と、あのアタシ口調で拗《す》ねられ……、抱き潰された……。

一緒にいたいと思ってもらえるのは嬉しい。ハルに言われると、抗えない。

ふと……決して広くもなく車の通りも途絶えた車道の向こう側に見える歩道に、数人の男性が固まって立っているのが目に入った。

いくら人けのない道でも、人がいて珍しいというわけではない。気になったのは、その男たちがどう見ても日本人ではなかったからだ。

全員スーツ姿だが、ネクタイをした者としていない者、煙草《たばこ》を咥えた者、腕を組んだ者、さまざまな男たちが全員、なぜか杏奈を見ている。

（なんだろう……日本人だから、かな）

男性だからという意味で警戒心が動いているのかもしれない。

まとわりつく視線にいやなものを感じる。今にも車道を渡ってこちらに来そうな雰囲気を醸し出していて、血の気が引き身体が冷たくなった。

張りつめた神経が、背後から聞こえてくる足音に反応して身体を震わせる。

なぜか追いかけられている気がして、杏奈は速足になった。

すると、対岸にいた男たちが車道を渡りはじめたのだ。

ゾクッと全身が恐怖に震え、杏奈は全速力で走りだした。

呼びかけられたわけではないし、掴まれたわけでもない。それでも視線は間違いなく杏奈を追っていたし、近づいていた足音も杏奈に向かってきていた気がして仕方がない。

「おい！」

声とともに肩を掴まれ、大きく身体が震えて足が止まる。

「どこに走っていく。そのまま車道に飛び出しそうだ」

黒いスーツにサングラス。――クローバーだ。

よほど必死に走っていたのだろう。表通りに出た車道の一歩手前で止められていた。クローバーが止めてくれていなければ、車が行きかう車道に飛び出してかもしれない。

「く……クローバーさん……あの……」

恐怖のせいで言葉が出てこない。杏奈が飛び出してきた脇道をチラチラ見ているせいか、クローバーはなにかを察したようだ。ここから動かないようにと杏奈の腕を叩き、脇道へ確認に向かう。すぐに戻ってきて彼女に尋ねた。

「特におかしなものもなかったが……なにかあったのか？」

「あの……男の人が……、こっちを見ていて……。追いかけてくるような足音がしたので……怖くて……」

「男？」

こんな言いかたをすれば、自意識過剰か自惚れだと思われるのではないだろうか。男性に見られているとか追いかけられたとか、被害妄想じみているかもしれない。

「……すみません……、気のせいかもしれません。外国の方がたくさんいて……なんか怖い感じだったので……びっくりしてつい……」

「外国……、どこの国の雰囲気だった？　アメリカか？　イタリア？　中国系か？　……ロシア、とか……」

急にクローバーが話に喰いついてくる。外国の人と言ったから意外だったのだろうか。しかし、どこの、と聞かれてもハッキリとわかるものではない。

「わからないです。けど、ひと目で外国の人、ってわかるレベルなので、アジア系ではないです」

クローバーが杏奈の真横につく。いつもより距離が近くて戸惑ったが、彼が杏奈ではなく周囲に視線を配しているのに気づいて、どうしたのかと疑問のほうが大きくなった。

彼は常時黒いサングラスをかけているが、ときどきわずかな隙間から目の表情を窺うことができる。——なにかを警戒している。そんな気がした。

「いつもの場所に車を停めてある。移動して」

声が慎重だ。なぜかわからなくて杏奈の戸惑いは大きくなった。

「あの……ハルさんも、そこに？」

「ハルさんは急な仕事が入った。それで俺だけが迎えにきたんだ」

「そんな……、だって、クローバーさんはハルさんのボディガードじゃないですか。そんな人がハルさんと別行動だなんて……」

ハルさんになにかあったらどうするんですか……と言おうとして、言葉が出なくなった。

……おそらくだが、暴漢に襲われたとしても、ハルは自分でなんとかしてしまう気がする。

（あの顔で……強いんだよね……。信じられないけど……）

「そういうことだ」

まるで杏奈の心を読んだかのようにひと言告げ、クローバーが駐車場へ促す。いつもの有料駐車場に停まるのは、初めて見る白い外車だ。

「いつもと違う車ですね……」

「いつもの仕事用はハルさんが移動で使っている。これは、あの人が持っているモデルスタジオで、移動用に使われている車だ」

何台持っているのだろう……。改めて湧く疑問を胸に後部座席へと乗りこむ。クローバーが運転席に座るのを待って、杏奈は口を開いた。

「クローバーさんは、ハルさんの秘書も兼ねているんですか？」

「なぜ？」

「空港で……ハルさんに仕事の話をしていたし……。いつもそばにいるし、ハルさんの指示でわたしを迎えにきてくれて……。ただのボディガードなら、そこまでしないかなって思ったんです」

「そうだな」

クローバーがエンジンをかける。ゆっくりと車を出しながら、彼は言葉を続けた。

「あんたも……この先ハルさんと一緒にいるつもりなら、覚えておいてくれ」

「はい？」

「俺は、盾だ」

「たて？」

「ハルさんの盾だ。あの人が危なくなったときに、立ちふさがって守るのが一番の役目。仕事の手伝いは、オプションだな」

ボディガードという職業を比喩しているのだろうか。守るべき人間が窮地に立たされればボディガードは身を呈して守るものだろう。それだから、そんなたとえになるのかもしれない。

「あの……聞いてもいいですか？」

「なんだ？」

「クローバーさんって、ハーフかなにかなんですか？」

「はぁ？」

なに言ってんだコイツ。そんな不快な感情が今のひと言に詰まっていたような気がして、杏奈は言葉が出なくなる。

それでも不快な声が出たのはそのときだけで、彼はすぐに口調を改めてくれた。

「どうしてそんなことを思うんだ？」

「名前が……クローバーだし……。でも、漢字とかなんですか？　よく、海外のスターみたいな名前を漢字にしてつけている人もいますし」

「残念ながら普通の日本人だし外国名を漢字にしているわけでもない。ハルさんがそう呼んだから、俺の名前はクローバーになった。それだけだ」

彼がいつからハルのそばにいるのかとか、もともと知り合いだったのかとか、いろいろと聞いてみたい気もする。

しかしそれは、クローバーにとってはよけいな詮索なのかもしれない。

ハルの近くにいる関係者。そんな人たちとハルの関係を知りたいと思ってしまうのは、彼に関わることはなんでも知りたいという欲張りな気持ちがあるからだ。

「……理由を知りたいなら、ハルさんに聞け。……っていうか、なんでそんなこと知りたい？　俺のことなんかどうでもいいだろう」

「でも、ハルさんのそばにいる人ですから、知りたいです」

「いくらそばにいる人間でも、あまり〝男〟のことを知りたそうにしないほうがいいな。お仕置きされるぞ。ハルさん、怒ったら怖いから」

「ひっ……」

そう言われると、変な声が出てしまう程度には血の気が引く。確かに、男っぽくチェンジしたときのハルは……ちょっと怖い。

だが、男のことを知りたがって怒られるというのは、ハルがやきもちを焼くという意味にとっていいのではないだろうか。

（それはそれで……）

考えると胸がくすぐったい。照れくさくて頬が温かくなってきた。

クローバーは運転中なのだから誰に顔を見られるわけではないが、杏奈は赤くなっているだろう頬を両手で覆い、意識して話題を変えた。

「ハルさんのお仕事が終わるまで、マンションで待っていればいいんですか？」

「そう思ったが、直接行く。もう連絡はした」

「直接？」

「ハルさんが今仕事をしている現場だ。おかしな男に目をつけられていたとあっては、ハルさんの指示なくそのままにはしておけない」

「あ、じゃあ、撮影のお仕事しているところ、見られるんですか？」

「ん？」

「ちょうどお仕事中なんですよね？」

先程までの恐怖心が薄れたせいか、気持ちが浮上してくる。以前ハルが杏奈の写真を撮ってくれたときのことを思いだしたのだ。

彼が軽快な口調で場を盛り上げながらカメラを向ける姿を、傍観者として見てみたい。撮られるときもドキドキしたが、きっと見ているだけでも胸が高鳴りそうだ。

「行くことは行くが、見られるかはわからない。もし難しいリクエストで集中していたら近寄れないし、もしかしたら立ち入り禁止になっている可能性もある」

「……そうなんですか」

浮き上がっていた気持ちが急下降する。考えてみればハルは仕事をしに行っているのだから、こんな見学気分は迷惑なだけだ。

（いけない、いけない。ハルさんが優しいから、つい甘えたことばかり考えちゃう）

気持ちを引き締め、杏奈はフンッと気合を入れる。

「遠いんですか？　撮影現場」

「すぐだ。時間的に、もうすぐ終わるか終わっているかだろう」

「わかりました。おとなしく待っています」

素直に返事をして窓の外に目を向ける。撮影現場が見られないのはちょっと残念だが、マンションでソワソワして待っているより、すぐハルに会えるほうが嬉しい。

（それにしても、あの人たちなんだったんだろう）

ふと思いだす、人けのない脇道で固まっていた外国人集団。一応オフィス街ではあるので、表通りに出れば他国のビジネスマンも見かける。しかしあの脇道で、それもビジネスマンには当てはまらない雰囲気の外国人を見たのは初めてだ。

（なにかの勧誘の人……って感じでもないし）

「着いたぞ」

「えっ、もう？」

考え事をしているうちに到着してしまった。どこを走っているのかもよくわからなかったが、どこかの敷地内に建つ大きなビルの前に車が停まっている。

「一人で降りるな。俺が開ける」

ドアに手をかけようとして止められる。ボディガードとしての仕事なのだろうが、まさか自分にまでしてもらえるとは思わなかった。

クローバーが降りたかと思うと、すぐにドアが開く。ずいぶんと回りこんでくるのが早いなと思い顔を向け、杏奈はギョッとした。

ドアを開けて中を覗きこんでいたのは、……見知らぬ男性だ……。

「これはこれは。とてもかわいらしいお嬢さんだ」

にこりと微笑む表情は、とても優しい。

年の頃四十代初めほどだとは思うが、よく整った相貌を持つ美丈夫《びじょうふ》だ。

「どうぞ、お嬢さん」

丁寧に差し出される右手は戸惑う杏奈の手をとり、スマートに車の外へ導きだす。

（ハルさんみたい）

この柔らかい仕草や雰囲気が、とてもハルに似ている。それに加えて、モデルではないかと思ってしまうほどの均整がとれた体つき。背も高く、アスコットタイを首元にたくし込んだ白いシャツ姿が、とんでもなくお洒落だ。

もしかして……ハルの父親なのでは……。

(……それはないっ！　ハルさんのお父さんはロシアの人！)

「片桐《かたぎり》様！」

思いこみそうになった自分に盛大なツッコミを入れた直後、クローバーが駆けつけてくる。男性の前に立った彼は、背筋を正し、最敬礼のお辞儀をした。

「申し訳ございません。片桐様にお出迎えをいただき、恐縮です」

「いえいえ、そんなにかしこまらないでください。久しぶりですね、四葉君」

「は、はい……、御無沙汰しております……」

クローバーがわずかに困っている。杏奈を気にしているように感じるのは、おそらく「四葉君」と呼ばれたのが原因だろう。

(……よつは……って、クローバーさんの本名……とか？)

普通に日本で生まれたというのなら、それなりに名前があるだろう。

男性は直立するクローバーを眺め、にこぉり……と、とても朗らかな笑顔を見せると左手でクローバーのサングラスに触れた。

「久しぶりですから、四葉君のかわいい素顔でも見せてくれませんか」

「そ、それは、片桐様でも了解しかねます……。勤務中ですっ」

「残念ですね。とてもかわいいのに」

「……片桐様……ぁの……」

「相変わらず全身真っ黒じゃないですか。たまには違う色のスーツにしませんか？　明るい色のタキシードとかいかがでしょう？　ああ、でも、四葉君ならパーカーにジーンズでも似合いますね。ロードバイクに跨り立ちしながらスマホをいじってるとか、若者らしくて非常にいい」

クローバーは言葉に困っているが、杏奈は彼がパーカーにジーンズで……と言う姿が想像できず眉を寄せてしまう。若者らしくてとはいえ、彼の正確な年齢も知らないのだ。

「私の末弟がかわいいという話をすると、ハル君がうちの四葉もかわいいとムキになるのですよ。私はどちらもかわいいと思うので、二人並べてケースに入れておきたいです」

「あの……」

あのクローバーが……タジタジである…………。

その意外さに目をぱちくりとさせると、魅惑の笑顔が杏奈に向けられた。

「あまり四葉君をいじるとハル君に怒られるので、行きましょうか、お嬢さん。ハル君がお仕事をしている姿、見たいでしょう？」

「はい、ですが、許可なく見られないんじゃ……」

「私がいいと言っているのですから。いいんです」

「あ……はい」

……いいのだろうか……。

右手をとられたまま足が進む。改めて見ると、男性の周囲にはキッチリとスーツを着こんだ男性が数人と警備員がいる。

「失礼でしたら……すみません。貴方は、ハルさんのお友だち……なのですか？」

おそるおそる口を開くと、男性は「あっ」と声を発し立ち止まる。一度杏奈の手を放して、両手で一枚の名刺を差し出した。

「すみません、忘れていました」

「あっ、ご丁寧にどうも」

杏奈はついぺこぺこと頭を下げて受け取り、名刺をジッと見る。

「片桐雄大《ゆうだい》と申します。ハル君の……古くからの友人ですよ。そして、クライアントです。お得意様なんですよ、私。覚えてくださいね」

「は、はい」

「ハル君は一階のラウンジで撮影中です」

「ラウンジ……、あっ、ビルかと思ったら、ホテルなんですね、ここ」

「いいえ。私の会社です」

「はっ？」

おかしな声が出たのと同時に、首をグッと反らせて建物を見上げる。

上層階が空に溶けこむほどの……高層ビルである……。

再度渡された名刺に視線を落としたとき、クローバーが横から耳打ちした。

「今は一線を退かれてはいるが、ここの創業者として有名な御方《おかた》だ。ハルさんの大恩人でもある。失礼のないように」

薄っすらと冷や汗がにじんだ。クローバーの説明を聞いたからだけではない。渡された名刺には、世界的に有名なポータルサイトを持つＩＴ企業の名前がある。

その創始者がこんなに若いのも驚きだが、ハルの人脈の広さにまた驚かされた。

クローバーの耳打ちが聞こえたのだろう。雄大はチラリと彼を見て、人差し指を口元に持っていった。

「脅してはいけません。萎縮して泣かれでもしたら、私がハル君に叱られます。あの人、コワいんですよ？

……身をもってご存じでしょう？」

「……御意」

クローバーが頭を下げると、再び雄大に手をとられてエントランスへ入る。とても広いエントランスで、たくさんの人が行き来している。それなのにまるで見えない道があるかのごとく、進行方向は開け放たれていた。

社員らしき人たちが会釈をしていくと、雄大も笑顔で応える。

（紳士的な人だな……。こんな大きな会社を作った人なのに、若いし……）

チラチラと横目で雄大を眺めてしまう。そうしているうちに、どこからともなくカメラのシャッター音とゆるやかなＢＧＭ、そして、聞き慣れた声が聞こえてきた。

「はぁい、いいねぇ～。あれ？　でも疲れてきたかな？」

ちょっと甘さを含んだ明るい口調。とても聞き覚えのある声だ。大きな支柱と数ある観葉植物が並ぶ向こうに、広いラウンジが見える。

その一角、クラシック調のソファが置かれたコーナーに……ハルがいた。

ソファの座面に両膝立ちになってカメラを構えるハルのそばには、一人の女性の姿がある。横顔しか見えないが、目鼻立ちのくっきりとした女性だ。今回のモデルなのだろう。

洋服の上からでもわかるスタイルのよさ、顔も美人だとも思うが、どうもそれがかすんでしまう。それは、黒いＶネックのカットソーにジーンズという、一見地味でラフなスタイルでも、レッドグラデーションが華やかさを添えたハルのほうが魅力的に見えてしまうからだ。

彼女はソファに座り、首を大きく反らしてカメラを構えるハルを見上げていた。

……ちょっと接近しすぎのようにも思える。

表情が少し蕩けているように見えるのは気のせいだろうか。……いや、気のせいではない。間違いなくモデルがハルに見惚れている。

ハルはモデルにカメラを向けたまま動かない。肩からはらりと髪がひと房流れ落ち、モデルがそれを掴んでさらに顔を上げた。

……その光景に、心がざらりと不快感を訴える。

この体勢で、なにを撮っているのだろう。顔にカメラを向けているが、ハルが撮るのはあくまでもパーツであるはずだ。

「とろーんとして、目が眠そうだね。それも魅力的だけど、今、貴女からもらいたいのはソレじゃないよ？　わかるよね？」

「ん～でも……先生の顔を見ていたら、こんな目になっちゃう……」

「どうしよう？　どうしたらアタシが欲しいものくれるのかな？」

「先生のお顔、もっと見たい……」

「そう？　それなら、もっと近くで見る？」

ハルがいきなりモデルに顔を近づける。

あと数センチ間違えばキスでもしてしまいそうな近さだ。驚いたモデルは大きく目を見開き、掴んでいた髪からも手を離してしまった。

「それ、さいっこうっ」

素早くカメラを構え直したハルが、モデルの顔の前で連続してシャッターをきる。

「OK！　Excellent！　素敵な時間をありがとう！　おつかれさまぁ！」

満足した口調で一声をあげると、ハルはぴょんっとソファを飛び降りる。そのひと言はモデルはもちろん周囲のスタッフへのねぎらいでもあるのだろう。スタッフが一斉に拍手をした。

ただ、残されたモデルが名残惜しそうに彼を目で追う。

「せ……先生ぇェ…………ン」

かなりの猫なで声である。……まるで撮影ではなく違うことをしていたかのように思えて、こんな所でそんな声を出さないでくださいと言いたくなる。

とはいえ、目の前に美麗すぎるドールフェイスが近づいてきたのだから仕方がない。モデルとしては心臓まで蕩かされた気分だろう。

「あっ、いたいた、素敵なお三人様」

ハルが遠巻きにして見ていた三人を見つけて近づいてきた。

「杏奈っ、待った？」

「いいえ、今来たばかりです。……それより、すみません。本当ならマンションで待ってるように言われていたのに……」

「いいんだよ。クローバーから事情は伝えてもらっているから。警戒するに越したことはない。アタシのそばにいれば、コワくないでしょう？」

「それは……はい……」

ハルのそばにいて不安などあるはずがない。ハルがこうして事情を察してくれているのも、雄大がここまで連れてきてくれたのも、すべてクローバーの素早い行動のおかげだ。

彼にお礼を言おうかと顔を向けた瞬間、ガバッとハルに抱き締められた。

「あーっ、今日もかわいいなぁっ、その照れ屋さんな返事はなんなのっ。かわいすぎて床を転げまわっちゃいそう、ホントかわいいっ」

「ハ……ハルさっ……今日も、って、今朝も一緒でしたが……」

「ばかっ、今朝別れてから何時間たってると思ってんのっ」

いきなりテンションが高い。ハルの胸で目を白黒させていると、彼がキッと横に立つ雄大に怪訝《けげん》な視線を向けた。

「ちょっとぉ、雄大さんっ。いつまで手ぇ握ってんの。奥さんに言いつけるよっ」

雄大にエスコートされていた手は、そのまま彼にとられている。杏奈もハルを眺めるのに夢中で気にしていなかった。

「これは失礼」

クスクス笑いながら杏奈の手を離すと、雄大はその顔のまま、こちらをチラチラ見ながら撤退するモデルの女性に顔を向けた。

「お疲れになったでしょう。別室でゆっくりお休みください」

「は、はいっ、おそれいります」

声をかけられて驚いたのか、彼女は大きな目をさらに大きくする。ハルにかけていた口調とは違う、張りのある返事だった。

「いい写真が撮れたと思いますよ。ご協力、感謝いたします」

「とんでもございません！　お力になれて光栄です！」

急に表情がキラキラと輝く。力強い大きな瞳が印象的だ。ハルに見惚れていたときとは、表情も声の張りもまったく違う。

ハルに捨てられた気分になっているところで実力者からねぎらいをもらい、沈んでいた気持ちが復活したというところだろうか。

秘書と思われる一人に彼女の案内を頼むと、雄大はハルに声をかける。

「どうでした？　お仕事のほうは」

「ん～、なかなかよかったよ。雄大さんはモデルのセレクトが上手いんだよね。瞳の造形がね、リクエストされたイメージにぴったり」

どうやら顔ではなく、瞳、目の撮影だったらしい。素人でもわかるくらい瞳が印象的なモデルだったと考えれば、納得の人選である。

それなら、あそこまで接近していてもおかしくはない。……少し、くっつきすぎと感じてイラっとしてしまった自分が恥ずかしい……。

「ハル君にお願いすれば、間違いはありませんからね。ありがとう」

「やだぁ～、雄大さんにお礼なんて言われると照れちゃうなぁ～。お礼なんていいのよぉ、雄大さんのヌード一枚撮らせてくれたらぁ」

「そのあたりは、若くてぴちぴちした湊《みなと》君にでも頼んでください。今回の契約料はいつもどおり秘書のほうから手続きをさせます」

「腰のラインだけでも撮らせてくれたら、ギャラいらない」

「足腰なら、四葉君のほうが張りがありそうですが？」

「違う違う、クローバーは、胸筋が綺麗なの～。というか上半身の形っ。骨格がイイのよぉ～、肋骨もかっこいいし」

「昔、その肋骨を折ったのは誰ですか」

「んふふっ、ア　タ　シ　っ」

アタシ口調のハルの胸にガッチリ抱かれていると、なんだかおかしな気分になってくる。

チラッとクローバーを見ると、彼は片手でサングラスを押さえ、なんとも分の悪そうな顔……というか雰囲気を醸し出している。

黙っていればとことんクールな人だが、どうもハルや雄大、特に雄大にいじられるとタジタジのようだ。

二人そろって標的にされた日には、堪らないだろう。

しかしながら、こんな彼を見られるのは貴重だし、謎の人すぎたクローバーのことがちょっと知れた気がして、杏奈にとっては大収穫だ。

ハルの付き人たちが後片づけを終えたのを確認して、雄大は秘書たちに見送ってくる旨を告げる。片手で制し、同行は不要のていをとった。

ハルに肩を抱かれた状態で杏奈も歩きだす。クローバーだけは周囲に注意を払いながら、少し離れてあとに続いた。

「――お気をつけくださいね。ハル君」

ひそめた声は慎重で重みがある。先程まで開いていた雄大の声とはかけ離れていて、杏奈は驚いて顔を向けた。

しかし、彼は今までと同じようにおだやかな表情で前を見ている。今の声は誰だったのだろうと、聞き間違いかと思いそうだ。

「すみません。……ご心配ばかりかけて」

ハルも真剣な口調のわりには、美麗なドールフェイスで微笑んだままだ。

「話し合いが、上手くいくよう祈っていますよ。なにかあれば、ご相談ください」

「ありがとう……雄大さん」

「ハル君が戻ったら、またゆっくりお酒でも飲みに行きましょう」

「雄大さんのお姉さんのお店がいいです。美味しい日本酒が呑みたい」

「了解です。最高の樽《たる》を開けてもらいますよ」

二人の会話は、この小さな範囲でしか聞こえない。遠巻きに見る人からは、二人が笑顔で会話をしているようにしか見えないだろう。

笑顔でも、二人がとても深刻なのがわかる。

ハルが戻ったら……とは、なんのことだろう。またアメリカへ行くことを言っているのだろうか。

あまり深刻に考えたことはないが、ハルの家はロスにある。日本で仕事をする都合もあってマンションは所有しているが、ずっとこっちにいるわけではない。

ハルがロスに戻るとなったら……杏奈はどうなってしまうのだろう……。

「お嬢さん」

車の後部座席に座ったところで声がかかる。顔を向けると、雄大が車内を覗きこんでいた。

「……ハル君を、お願いしますね」

「え……はい」

どことなく切実なものを感じて、戸惑いが走る。杏奈のあとから隣に乗りこんできたハルが、不服そうに雄大を見た。

「ちょっとぉ、雄大さん、嫁入り前の娘を持つお父さんみたいだったよ。なにその〝娘を頼みます〟みたいなやつ」

「私にとってハル君は、大切な息子みたいなものですよ」

「……雄大さんみたいなお父さんなら……こんな息子になってないよ……」

わずかに声を沈ませるハルの肩を優しく叩き、雄大がドアを閉める。にこやかな顔の横で手を振ってくれるので、杏奈は恐縮しつつ「失礼します」と頭を下げた。

「ゆーだいさーん、またねぇ～」

一転、テンションを戻したハルは、投げキッス付きで元気に手を振る。

車が走り出し、杏奈は興奮気味に口を開いた。

「ハルさんは、すごい人とお友だちなんですね」

「雄大さんのこと？」

「はい。誰でも知ってる会社ですよ。驚きました。……まさか、そんな人とお話ができるなんて」

杏奈が興奮しつつも楽しそうなので、ハルも嬉しいのかニッコリ笑顔を作る。

「うん、すごい人だよ。十五歳年下の奥さんにベタ惚れでさ、紳士だし、優しいし、立場的にすごい人だけど実は結構な苦労人だから、酸《す》いも甘いも悟りきっていて仙人みたいだし。なんといっても……アタシを殺してくれた人だからね」

「そうですね……って、はいぃ？」

いい話を聞きながら納得していたというのに、いきなりすごいひとことが付いてきた。

「こ、殺して……って……」

これはなにかの冗談だろうか。いや、もしかしたら比喩かもしれない。

笑い飛ばすべきか深刻に聞くべきか迷う杏奈に苦笑いをして、ハルは話を進めた。

「杏奈、以前、ヴィスナーの記事が見つからないって言っていたでしょう？」

「あ、はい、キャッシュは見つけられても記事自体がなくて……」

「あれを仕組んでくれたのが、雄大さんなんだ」

「は……？」

「文字どおり、ヴィスナーを殺してくれたんだよ。情報っていう世界から」

「情報の世界……」

「大元になっていた記事の権利を得たうえで抹消して、どこともリンクできなくした。それらしきキャッシュはあっても、記事はない。なんびとたりともネットワークの世界でヴィスナーの詳細な情報は得られなくなった……ってわけ」

杏奈は目を丸くして話に聞き入る。

情報の世界から彼を消したなんて。そんなことができるものなのだろうか。

――いや、できるのかもしれない。この世界には、それを許された人間がいるのだろう。

「紙面で記事になっていたものまでは手が回らなくとも、今の情報社会で、そのネットワークというものから抹殺されている意味は大きい。いつかの俗物社長のようにときどき名前を覚えている人間はいるけれど、正確な情報にはたどり着けない」

「どうして……そんなことをする必要があったんですか……。ヴィスナーの名前で、アメリカの大きなコンテストで賞をとったんですよね。とても栄誉なことなんじゃないんですか？」

「ヴィスナーは……、アタシの父親が呼んでいた愛称だから……」

言葉が止まる。ハルが愛人の子どもであると話してくれたことや、父親に会うことはあっても嬉しいことではないと感じさせる印象があったのを思いだした。

「ヴィスナー、ってね、ロシア語で〝春〟って意味なの。『ВесНа《ヴィスナー》』……」

ハルの発音を耳にして、自然と身体が震えた。聞き慣れないトーンは、ハルをまったく知らない人物に思わせて寒気がしたのだ。

「母が、アタシにつけた名前を父に教えたとき、日本の春が好きな父は喜んだんだって。幼いころ、アタシを『ハル』ではなく、いつもヴィスナーって呼んで……、かわいがってくれた……」

語尾に忌々しさがこもった気がして、杏奈けにわかに緊張する。

かわいがってくれた父親。父親がつけてくれた愛称を持って写真家としての活動を始めたのに。……なぜ、その名前を、その名を持っていた自分を、この世から消さなくてはならなかったのだろう。

話のところどころに出てくる父親に対するハルの感情には、憎しみがこもっている気がする。

……いったい……なにがあったのか……。

杏奈はハルの膝に両手を置き、彼を覗きこむ。

「杏奈?」

「ごめんなさい……。よけいなことを聞いてしまって……」

なぜかはわからないけれど、ハルは父親をよくは思っていない。

幼いころはかわいがってくれたと言っているのに。なにか、そうなる原因があったのだ。誰かを憎まなくてはならない出来事なんて、きっといいことではない。

それを思いださせたうえに、話をさせてしまった……。

「わたし、ハルさんのことはなんでも知りたいって欲張りなことを想っているけれど、ハルさんが苦しいことを思いだしてまで話してもらいたくない。!……ごめんなさい。大丈夫? 苦しくない? 本当にごめんなさい。もう、聞かないから……」

「杏奈……」

ハルはシートベルトを外し、杏奈に身体を寄せて彼女を抱きしめる。頭を撫でて頬ずりをすると、唇にキスをしてひたい同士をつけた。

「杏奈は……イイコだね……」

「ハルさん……」

「大丈夫。つらいことなんてないよ。もうすぐ、父親との縁も切れる。その話し合いがあるから、雄大さんが気にして、杏奈にちょっと意味深な言葉をかけちゃっただけ」

「縁って……、ハルさんは、お父さんと正式な親子関係があるんですか？」

「……ないよ。認知はされていない。母がさせなかったんだ。……それでも、血の繋がりが原因になる揉《も》め事《ごと》があってね。それを終わらせたいんだ」

「血の繋がり……ですか……」

なんだか奥が深い。話を聞く限りではハルの父親という人も有力者のようだし、だとしたら後継者とか財産とか、そういった方面だろうか。

なんにしろ簡単なことではなさそうだ。

「杏奈には、よけいな心配させちゃったね。アタシのほうこそ、ごめんね」

「そんな……ハルさんは悪くなっ……」

ハルの唇が強く吸いつく。彼の唇の感触や温かさ、腕の力強さと沁みこんでくるフェロモンが、杏奈を脱力させた。

「杏奈はかわいいね。ほんと……離せないよ……」

「あっ……」

ハルの顔が横に落ちたかと思うと、首筋を食みながら吸いついてくる。チュッチュと軽く肌を引っ張られると、くすぐったくて身悶《みもだ》えする。

「ハル……さっ、ンッ」

甘えた声が出そうになってハッとした。ここは車の中だ。それも運転席にはクローバーがいる。

「あっ、あのぉっ」

それをわかってもらおうと思い、ハルの背中をポンポンと叩く。逆に積極的ととられてしまったのか、ハルは杏奈のシートベルトを外してカットソーをまくり上げてきた。

「ハ……ハルさっ……」

「ハルさん、あと一分で到着しますから、我慢してください」

杏奈が言葉を出すより早く、苦言を呈してくれたのはクローバーだ。ルームミラーで様子を見られていたのかと思うと恥ずかしすぎる。

「んもぅっ、クローバーぁっ、馬に蹴られるよっ」

「ハルさんに蹴られるよりましです」

「う――」

「うなっても駄目ですよ。はい、到着です」

なんだかんだと言っているうちに、マンションに到着してしまった。

ハルが日本での住居にしているうちのひとつ。アーバンシティ・ブリアントパークは、エリア内に建つ大規模タワーマンションの中でも、その上をいくランドマーク的存在だ。

建物はもちろんだが、敷地内外の植栽《しょくさい》が見事で、センタープロムナードのライトアップは安心感を、そしてときにロマンチックな雰囲気を通る者に与えてくれる。

帰宅時はこのプロムナードをハルと二人で歩くのがちょっとしたお気に入りで、クローバーもわかってくれているらしく、いつもはその前で車を降ろしてくれるのだが……。

今日はハルの我慢が持たないと察したのか、はたまた馬に蹴られたくなかったのか、エントランス前の車歩道でさっさと降ろされてしまった。

「おかえりなさいませ、恩田様」

コンシェルジュの丁寧な出迎えを受け、杏奈はハルと一緒に軽く会釈をする。大きなマンションなので住人も多い。顔を見てシッカリ名前を覚えているのは、やはり職業柄なのだろう。

とはいえ、ハルの存在自体が一度見たら忘れられないレベルなのかもしれない。

エントランスから屋内噴水を螺旋《らせん》階段で囲むロビーへと入る。三階分の吹き抜けは、広いロビーをさらに解放感で心地よくしてくれていた。

共用施設が充実しているのはもちろん、二十四時間対応のコンシェルジュや警備員が常駐し、セキュリティにも優れている。最高級マンションとしての条件を網羅しているゆえセレブ層の利用が多く、会ったことはないがタレントやモデルも住んでいるらしい。

そんななかでもやはりハルは目立つ。すれ違えば振り返らない人間はいないくらいだ。

たまになら「ハルさんモテるな～」くらいで済むのだが、いつもいつもそんな視線を一緒に感じ、女性どころか男性までも振り返っていくのを見ていると……ときどき、イラっとする……。

杏奈だって、初めてハルに会ったとき幾度となく見惚れた。見つめてしまう人たちの気持ちもわかる。

わかる……のだが……。

「ハルさんって……モテますよね……」

エレベーター内は二人きりだ。だからこそ言えたのだが、杏奈はそれにもかかわらず内緒話をするように声をひそめた。

「ん？　どうしたの急に」

杏奈の肩を抱いたまま、ハルは彼女側に首をかしげて耳を近づける。大好きなレッドグラデーションがサラッと目の前に流れてきて、杏奈は片手でひと房掴んだ。

「目立つし、綺麗だから仕方がないけど……。ハルさんって、ホントにモテるなぁって……。みんな振り向くし、さっきのモデルさんだって、ハルさんの顔ばかり見ていて、髪の毛は掴んで離さないし、顔が近づいたときなんて、目を見開いたまま失神するんじゃないかって思ったくらい」

「うん、あのくらい大きく見開いてほしかったから、上手くいったなとは思った」

「ずうっとハルさんを見てた……もう、溶けちゃいそうな目で……」

掴んだハルの髪をモソモソと指でいじる。接近して撮影するのは仕方がないとわかっていても、少し、いやだったのだ……。

「もーぉ、杏奈はぁっ」

いきなりひょいっと抱き上げられる。ちょうどドアが開き、エレベーターを待っていた男女に「うわっ」「えっ」と驚かれた。いきなり女性をお姫様抱っこした美人が現れれば、驚きもする。

廊下に出たあとも「男?」「女でしょ?」と意見の食い違いをみせ、「どっちでもいいけど、いいなぁ!」という展開で収まっていた。

しかし収まらないのは杏奈のほうである。ハルに姫抱きにされるのは初めてではないにしても、されるたびに、重いかな、とか、ムリしてないかな、とか、考えてしまうのだ。

「ハ、ハルさん……」

戸惑う杏奈にお構いなし。ハルは部屋に入っても一向に杏奈を下ろす気配はなく、寝室へと直行する。

そのままベッドへ下ろされ、すぐにハルが覆《おお》いかぶさってきて抱き締められた。

「あああ――、もぉっ、杏奈カワイイよぉっ。やきもち焼いちゃって、もぉぉぉ――、ほんっと、あなたアタシを萌《も》え殺す気でしょうっ」

「や、やきもち……」

「やきもちでしょっ。モデルがアタシにくっついてたから、面白くなかったって話だもの」

「それは……」

確かにそうだ。モデルがハルを食い入るように見つめていて、おまけに顔を近づけられて恍惚としていたときには、……わずかに苛立った。

「もぉ、馬鹿だねぇ。そんなことを気にしなくたって、アタシはあなたに夢中なんだから。わかってるよね？」

「それは……その、でも、ハルさん……」

「なに？」

「その口調で、やきもち焼いてる、とか言われると……、なんか、からかわれているみたいで照れます……」

「駄目なのぉ？」

「駄目ではないんですけど……なんか、かわいくて……」

照れるというか、くすぐったいのだ。たとえるなら、無邪気な子供に懐かれているような愛《いと》しさが湧いてしまう。

ハルがキョトンッと目を大きくする。美人さんはどんな顔をしても美人さんだなと思った瞬間、……ふっと〝男の顔〟で微笑まれ、胸の鼓動に爆撃を受けた。

「杏奈のほうが、かわいい」

おまけに、素の口調だ。深く優しい声、耳の奥がジンジンして、脳天まで痺れてくる。

ハルは杏奈の顔を両手ではさみ、真上から見つめる。

「ジェラシーで泣きそうになっている杏奈、すごくキュートだ。もう、私の心臓が止まってしまいそうだよ」

「ハ……ハハハハハ……ハル、さ……」

脳髄が沸騰しそうになりながら、杏奈は視線だけを右に左にさまよわせる。

今、この眼差しを直で受けたら気絶する。

本当は顔ごとそらしてしまいたいが、やんわりと頬をさわっているようで実はしっかりと顔を押さえられていて、ぴくりとも動かせないのだ。

「かわいい私の杏奈。このまま、君を抱いてもいい？」

「そ、そんなこと……聞かないでくださ……」

「ディナーに連れていく前にベッドに引っ張りこんでしまったから、怒っている？」

「おっ、怒ってないです」

「それなら、どうして私を見てくれないのかな」

「見たら……昇天しそうです……。ハルさんっ、素敵すぎ……」

杏奈はとうとうまぶたをぎゅっと閉じてしまう。しかし頬から手が離れ、いきなりスカートが腰から抜かれたのを感じて、ハッとまぶたを開いた。

「大丈夫だよ。目を閉じていたって、何度でも昇天させてあげるから」

「昇天の意味が違いますっ」

反抗する間もなく、次々に服を脱がされる。最後にブラジャーを取られ、ころんっ、とひっくり返された。

「ハルさんっ、もぉー……」

エッチですよ……と続けようとしたが、背中にピリッとした甘い刺激が走り、振り向きかかった首が反った。

「あっ……ン、ぁっ……」

「……背中、かわいい……」

背中を撫でながら、ハルがキスの雨を降らせる。いちいち唇が触れる感触が刺激的で、肘をついて上半身をわずかに上げた。

「あっ、あ、背中っ……ァンッ……」

「柔らかい肌……なめらかな曲線……。最高……」

「んっ……ぅ、ハルさっ……」

吸いつかれると、そのまま彼に吸いこまれてしまいそうな錯覚をおこす。うしろから回ってきたハルの両手が乳房を掴む。きゅうっと握りながらも、背中への愛撫《あいぶ》は続いていた。

「杏奈、また君の背中を撮らせてくれる？　この腰の曲線も、肩甲骨《けんこうこつ》のふくらみも、浮き出る背骨のくぼみまで、……あますところなく、私に堪能させて」

うっとりとした男性みあふれる声は、耳ざわりがよく、扇情的だ。

「そんな、の……ンッぁ、ァンッ……」

「駄目？」

「駄目なわけな、い……ぁあっ」

「本当？　嬉しいな」

「あぁぁんっ……！」

乳房を掴んだまま、指と指のあいだに乳首を挟みぐりぐり擦り合わせる。放埒に揉みしだかれ、堪らず腰が悶《もだ》え動いた。

背中の形を堪能していた唇が、微細に疼きを訴える腰に到達する。仙骨《せんこつ》部を歯で掻かれると下肢がもどかしくて、太腿《ふともも》を閉じあわせたままモジモジ動かしてしまう。

「あっ……ダメ……」

お尻の円みに下りてきた唇が、横から下へと形を描いていく。両手も胸から移動してきて、今までと同じように双丘を揉み回した。

「あっ、ぅンッ……やっ、お尻……あぁっ……！」

慣れない愛撫のせいか、くすぐったいようなもどかしいような。言葉では言い表せない刺激でいっぱいになる。

堪らず下半身が波打つ。ハルの手や唇から逃げようと無駄な抵抗を試み、左右に揺れた。

「や、やぁんっ……くすぐった……ぃっ、ハルさぁ……ンッ」

「杏奈は、くすぐったがり屋さんだね」

お尻と太腿の境目に吸いつかれ、刺激でゆるんだ両脚のあわいをぬって指が潜りこみ、予想以上の潤いの中で泳ぐ。

「背中、気持ちよかった？　私もさわっていて気持ちよかったよ。下半身が痛いから、もうジーンズを脱いでしまいたいくらい」

「ハルさん……それ、似合わなっ……あぁぁっ……」

ときどき面白がって使う彼の雰囲気に合わない言葉は、まるで杏奈を戸惑わせて楽しんでいるかのよう。

「おまけに、ココも温かくて気持ちがいい。……ナカも温かいかな……」

指がぐぷっと蜜口から潜りこんでくる。浅いところでナカを掻き出すように動き、激しく淫音をたてた。

「あっぁぁ……んっ……、やっ、ぁぁん……」

「やっ、じゃないよ。こんなに杏奈の果汁でいっぱいにしていたら、お腹が弾けてしまう」

「そんなことなっ……いっ、うぅん、ンッ……ああっ！」

とはいうものの、確かに膣口で指を動かされると、いっぱいになっている蜜汁が掻き混ぜられて腹部がもどかしい。その刺激につられて少しずつ両脚の間隔が開き、腰が浮いたついでに両膝を立てさせられた。

「んん……ハルさぁん……」

「垂れてきた……。もったいない」

腰が高く上がると掻き出された甘露が内腿を流れてくる。ハルがそれを舌で舐め上げ、秘部の潤いをすすった。

「んっ……ん、ハァ……あっ」

「いっぱいだ。奥から出さなくちゃ駄目かな」

入口で遊んでいた指が、ぐにゅっと付け根まで挿しこまれる。大きく回してはスライドさせ、膣襞からそぎ取った甘露を唇がすすり上げていった。

「ああっ……あ、やっ、あぁん……！」

隘路を強く圧される感覚に下半身が痙攣する。杏奈は頭を左右に動かしながら強くシーツを握った。

「ンッぅん、強く……しちゃ……やぁ、ぁぁんっ……んっ」

「指はいや？　ごめん」

あまりにも素直に指を抜いてくれたのだが、彼がそれで終わるはずもない。抜かれた指の余韻が強くなった瞬間、ダイレクトに蜜口に吸いつかれた。

「あぁぁん……！」

じゅくっ……ぶくっ……と、吸って吹いてを繰り返す。吸われる刺激にもどかしさがプラスされて疼きがどんどん大きくなっていく。

「んっ……ン、やっ、すごい音、する、からぁ……アぁっ……」

吸われるだけより濫りがわしい音が振動する。尻肉を鷲掴みにする手が細かく動き、くすぐったさに似た電流が走った。

「ひゃぁんっ……！」

秘部の上部で火花が散る。快感を溜めた秘芽を横からつままれ、逃げるに逃げられない強烈な快感に、杏奈は大きく腰を揺らした。

「やっ……ぁ、ダメ……ンッ、そこぉ……あぁっ！」

したたる果蜜を吸いつくそうとしていた唇が、舌を使って秘孔を鰐りだす。浅瀬に挿しこんでは柔らかな刺激を与え、厚ぼったい舌で大きく丹念に舐め上げる。

「ぁっん……ダメ、ダメェ……んっンッ……」

柔らかなタッチを何度も繰り返されると、内側に大きな疼きが溜まってくる。それが大きくなった瞬間、秘珠を強くすり潰された。

「ああっ……！　やぁぁんっ――――！」

小さく爆《は》ぜる快楽が全身をうねらせる。シーツを強く掴んで大きく息を吐くと、脱力して崩れそうになった腰を抱き支えられた。

「まだ下ろしては駄目だよ。そのまま」

「この……まま……？」

「そう。私に杏奈のかわいいお尻を見せたままでいて」

杏奈から離れ、ハルが背後で服を脱ぎはじめた気配がする。杏奈だけが全裸だったので、やっと彼の肌を感じられるかと思うと嬉しくて体温が上がった。

この体勢のままというのも、少々酷ではないか。顔の横でシーツを握り腰だけを高く上げて両膝をつくスタイルは、お尻を突き出しているのはもちろんうしろから秘部が丸見えだ。

恥ずかしい部分が見える位置にハルがいるのだと思うと、羞恥心が揺れ動く。

服を脱ぐのがいつもより遅くはないか。今日のスタイルは手間のかかる服ではないはずだ。もしや、杏奈の痴態をじっくり眺めているから遅いのではないか。

（ハルさんに、見られて……）

どんなふうに見えているのかはわからない。しかし、恥ずかしい部分が濡れそぼって、肝心の口がだらしなく愛液をあふれさせているのだろうことは想像できる
軽く達した余韻を残して……わずかにヒクつきながら……、もの欲しそうに彼に向けて口を開いて……。

（やだ……いやらしい……）

想像しただけでお腹の奥がきゅうっと絞られる。なにかがごふっと動き、空気にさらされた脚のあいだに温かな感触が広がった。

「あっ……」

「脚、閉じてはいけないよ？」

動きかかった脚が止まる。内股をつぃーっとぬるい液体が垂れていった。

「なにもしていないのに……。今、杏奈の小さな口からたくさんの果汁があふれたんだけど。どうして？」

「それは……」

「見られているのかなって思った？　それで興奮したのかな」

「……見て、……なかった？」

ハルは小さく笑いながら、ベッドサイドテーブルから避妊具を取り出す。チラッと様子を窺う杏奈に目を向け、妖《あや》しく微笑んだ。

「バッチリ見ていた」

「ハ、ハルさんっ」

ムキになりかかるも、彼が見ていないはずもないとも思う。笑いながら準備を施したハルが、杏奈に顔を近づけた。

「だってぇ、杏奈のココ、アタシのこと欲しそうにピクピクしてるから、ついじーっと見ちゃったよ。これは期待に応えなきゃって、ムチャクチャ滾った」

いきなりのアタシ口調。力が抜けて笑ってしまうが、お尻を大きくひと撫でされ、腰が大きく震えた。

「ねぇ、杏奈っ、ほしい？」

「え？　はぃ？」

「アタシのこと、ほしい？　教えてほしいなぁ～、言ってほしいなぁ～」

「ハルさん……」

「言ってもらえたら、あ～、アタシって杏奈に求められてるんだ～、って、幸せになるよ。なんかそれを考えたら、滾り死にしそうなほど嬉しい」

言ってと言わんばかりのおねだり調子。ハルのアタシ口調にはなぜか弱い。

「……ほしい……です」

「ん～？　なにを～？」

「ハルさんが、ほしいですっ」

ちょっと強めに答えると、お尻を撫でていた手が谷間をぬって湿地へ伸びる。膣口を指で撫で、嬉しそうに蠢いた。

「ココに？」

「そ……そこに……」

「いっぱい？　なにがほしいの？」

「……ハルさん～……」

さすがに面白がられていると感じ、戸惑いが走る。しかし指先が隘路に挿しこまれると蜜洞がざわめいた。

「あぁっ……」

「指じゃないんでしょう？」

狭い花筒の中で長い指が回される。官能が刺激を悦《よろこ》びながらも、違う、これじゃないと訴えかけてきた。

この質量は先程と同じ。今欲しいのは、もっと大きな、重い質量……。

「あっ……ハァ、やっ、アンッ……」

ひとこと口にすれば、それが手に入る。この身体を満たしてもらえる。

杏奈は顔を浮かせてハルと視線を絡めると、瞳を潤ませて哀願した。

「……ハルさんのが……ほしいです……。いっぱい……、いっぱいシてほしい……」

「いいよ。私の杏奈の頼みだ」

口調が変わり、ハルが身体を起こして杏奈の腰を引き寄せる。大きくさらされていた部分がふさがれ、口を大きく開けて熱塊がえぐりこんできた。

「あああ……！」

容赦なく剛直が埋めこまれていく。すぐにスライドされ、体勢のせいなのか集中して擦られる場所がいつもと違う。へその奥がジンジンして、胎内が熱く煮え滾っているようだ。

「あっ……あっ、んっ……おなか……ァっ、あぁん……！」

「苦しい？　じゃぁ、こっちは……」

ハルがすくい上げるように腰を振りたてると、今度は内奥が鋭利な笠肉に引っ掻かれる。絡まる膣襞を引っ張り出されそうなほど熱塊が擦りつけられ、強い刺激に腰が悶えた。

「ああ……ああっ！　や、やっ、ナカ……あぁっ！」

しっかりと腰を掴まれているせいで、左右に逃げることも体勢を下げることもできない。

強く突きこまれたあとに雁首ギリギリまで熱竿が引かれ、抜けてしまうのではと不確かな不安感に隘路がすくんだところで、また勢いよく突きこまれる。

激しい肌の音とともに秘園の潤いも泡立っていく。まるで握り潰された果肉のように、愛液が行儀悪く濫りがわしい音をたてた。

「ああ……ぁ、ヤっ……そんな、音、たてなっ……あぁあンッ！」

「杏奈が濡《ぬ》れ鼠《ねずみ》だからだ。感じた証拠なんだから、悪いものじゃない」

「でも……で、もぉ……やらし……ぃ、ですっ、ぅン、んっ……！」

「杏奈がいやらしいのは、いつものこと」

「わっ、わたし、ですかぁ……ぁぁ、ァンッ！」

「……私もだよ」

結合部分が密着するほど押し付けられ、ぐりぐりと擦られる。熱《ほて》り勃ったモノが蜜窟を占領し、凶暴なまでに膨らんだ切っ先が媚壁を掻き荒らした。

「あっ……や、ダメェッ……ぁ、ぁっ、……あぁんっ――！」

当然のように襲いかかってくる絶頂は、まるでハルにそのタイミングを計られているかのよう。達した刺激に固まるお尻を撫でほぐし、ハルは杏奈の腰を支えて繋がったまま横向きに身体を倒した。横たわる安心感に身体がホッとしたのも束の間、上になっている片足をハルの腕にとられ、はまったままの滾りが軽快にスライドしはじめた。

「うっンッ、ぁぁ、ハルさ……これ、やぁ……あんっ……」

「杏奈が体位に注文つけるなんて珍しいね。どうしたの？　ぶつからないくらい深く入ってこないのはいや？」

「そ……そうじゃな……あぁっ、あ、やぁん……！」

杏奈は全身を揺さぶられながらゆっくりと振り向き、ハルと視線を絡める。

――快感に持っていかれそうになっているハルの眼差しはどこか頼りなさげで、胸がきゅうんとする。

そして、とんでもなく凄絶な艶を孕《はら》み、……淫靡だ。

「ハル……さぁ……あっ！」

「なに？　なにかしてほしい？」

優しく声をかけながらも彼の下半身は凶悪さを極め、容赦なく杏奈の官能を嬲って悦楽の塊を作っていく。

自分の身体が弾け飛んでしまいそうな不安感から、杏奈は片腕を伸ばしてハルの頭を引き寄せた。

「あっ……ゥ、ンッ、キスし……て、くださ……ぁ、あっ」

返事代わりに重なる唇。絡めあう舌の激しさが、お互いの興奮状態を表しているかのよう。

杏奈から求められたことに昂《たかぶ》ったのか、ハルの突きこみが激しくなる。堪らず大きな嬌声をあげ、杏奈は大きな不安をぶつけた。

「あっ、ぁ……！　ダメェ……こわ……こわれちゃ……あぁんっ……！」

「壊れそうなくらい感じてくれてる？　すっごく嬉しいな、どうしようか」

「ぁっゥンッ、ハルさん、なら……い、いいの……ぉ、ぁあっ！」

「杏奈っ……」

ハルの頭を引き寄せていた手で彼の髪を握り、杏奈は今自分にできるギリギリの力で顔を寄せる。

「ハルさんに……抱きつきたい……、あっ、ぁ……、ぎゅって、してほし……い、んっ、ン！」

少し泣き声になっていた気がする。うしろから密着はしているものの、ハルの素肌を抱きしめていない腕がさびしい。上から垂れさがってくるレッドグラデーションのカーテンが恋しいのだ。

「杏奈は、も───ぉ、そういうかわいいことばっかり言うんだからぁっ。ほんっと、悶え死ぬわ、アタシっ」

唐突なアタシ口調。思わず気が抜けた瞬間、片足を取られたままあお向けに転がされた。

「ぎゅっ、でも、ぎゅうううっ、でも、バキッ、でも、なんでもシてあげるっ」

サラサラッと顔の横に落ちてくるレッドグラデーション。ハルに包まれている感覚が湧いてきて全身が震える。

アタシ口調なのに、ハルの表情には余裕がない。昂ぶりを耐えるのも限界なのかと思うと、子宮のあたりがきゅんきゅんする。

ぎゅっ、と、ぎゅうううっ、は欲しいが、バキッはごめんだ。杏奈は両腕を伸ばしてハルに抱きついた。

「ハルさぁ……ぁん……」

力強い腕に抱き返され、正面から感じる肌の質感に陶酔する。ガツンガツンと突きこんでくる剛強に最奥をえぐられ、官能が弾け飛ぶ。

「あぁ……あっ、ハルさっ……イっ……あぁ───────!」

「もーぉ、ホントに壊しちゃってアタシから離れられなくしちゃいたいっ!」

続けざまに隧道《ずいどう》を擦りあげられ、本当に壊れてしまうのではないかと思うほど微襞が悶え狂う。達したばかりの官能が我を失い、彼がくれる悦楽の虜になった。

「ダメ、ダメェッ……また、イっちゃ……ぁ、ぁっ、ほんとに壊れ……あぁぁ!」

「杏奈っ……！」

より強く抱きしめられ、杏奈はハルにしがみついて全身を引き攣らせる。彼が達したのを肌が感じた瞬間、同時に強烈な快楽に引きこまれた。

「あぁぁん……ハルさっ、あああっ――――！」

互いの熱が混じり、意識が溶けていく。忘我の底に落ちてしまいそうな自分を、杏奈はハルを掻き抱き、彼の髪を握って耐える。

「ハル……さっ、ぁぁっ……、一緒に……いたい、です……」

「杏奈……？」

「ロスに……帰っても……ハルさん、を、……待っていたい……」

この人と、離れたくない……。

抱かれるたびに思う。快感をもらうたびに、その思いは強く深くなっていく。

けれど、ロスに自宅を持つ彼は、いずれは帰ってしまう。たとえ仕事で日本を行き来はしていても、彼の仕事の本拠地はロスにあるのだ。

「ハルさんと……離れたく、ない……。好き……だから……」

最後のセリフを、声に出せていたかは自分でもわからない。

与えられた恍惚に耐えていた意識は、忘我の奈落へ、堕《お》ちていった――――。

「今日はねぇ、アタシお気に入りのカラダに会わせてあげるね」

翌朝、リビングでそれを言われた瞬間、杏奈は持っていた個包装のチョコレートをガラスの器ごと手から落としてしまった。

あっ、と思った瞬間、素早くキャッチしたのは外出の待機をしていたクローバーである。

彼はひとつも落とすことなく、カラフルなパッケージに包まれたチョコレートが山盛りになった器を杏奈に差し出す。

「す、すみません、そそっかしくて……」

「いいえ。今のは、ハルさんの言い方に問題があるので」

クローバーのセリフに、ハルは両手を腰に当てて不服そうだ。

「ちょっとぉ、クローバー、アタシと杏奈と、どっちの味方なのっ」

「時と場合によります。今のはハルさんが悪いし、湊様にも失礼ですよ」

「いいのっ、ホントのことだしっ。誠史郎《せいしろう》はね、そんなことで怒るような肝っ玉もアソコもちっちゃい男じゃないからっ」

セリフを深読みして動揺し、再び器が滑り落ちるも、次にキャッチしたのは原因となったハル本人だった。

「杏奈、かーわいいいっ」

どうやら動揺するのをわかっていて言ったようだ。拗ねかかる杏奈の背をポンポンと叩き、ハルはチョコレートの器をリビングテーブルに置く。

ひとつ取って包みを開くと、丸い塊を自分ではなく杏奈の口に入れた。

「アタシの大切な親友。高校と大学が一緒でね。……アタシの立場を、よく理解してくれているうちの一人。三年前から、表向きは彼とルームシェアしているってことにしてもらってる。そのほうが……仕事がしやすいから」

口の中でチョコレートを転がしながらハルの話に聞き入る。思ったより大きかったせいで、なかなか言葉が出せない。

「杏奈にも会っておいてもらいたいんだ。ほんと、いいやつだから」

口をもごもごさせたまま、杏奈は小刻みに首を縦に振る。

「ときどきモデルになってもらうんだよね。すっごくイイ身体してんのっ。杏奈にも見せてあげるね。そうそう、クローバーといい勝負かも」

「ふぁっ⁉」

思わずクローバーに顔を向けると、彼はサングラスのブリッジを押さえる。

「ハルさんっ」

「あらぁ、本当のことでしょう？　誠史郎はお坊ちゃん育ちがにじみ出るような筋肉美だけど、クローバーはそこに加えてヤンチャしていたころの傷痕がセクシーなんだよね」

ここまで言ってしまうと、さすがにクローバーも機嫌が悪くなるのでは……。警戒しつつ彼を見ると、機嫌が悪いどころか苦笑いだ。

そんなに怒りの沸点は低くはないらしい。そんなことを考えながら彼を見ていると、ハルに頭のてっぺんを掴まれ、アタシを見なさいとばかりに動かされた。

「アタシが大切だと思う人たちのことはね、杏奈にも知っておいてほしいんだよ。いや？」

いやなはずがない。杏奈は口の中に残ったチョコレートを急いで咀嚼《そしゃく》しながら首を左右に振る。

「い……いやじゃないですっ、嬉しいです！」

ハルのことを知れるのは嬉しい。それに、昨日の雄大の例もあるが、ハルが大切に想っている人にはなぜかあまり緊張もしないし、警戒心も湧かない。

クローバーには最初だけ警戒心が動いたが、やはりハルが信頼を置いている人なのだと思うと、異例のスピードで慣れてしまった。

ハルのすべてが知りたい。……きっと、そう願う気持ちからきているのだと思う。

頭においていた手でそのまま杏奈の髪から頬を撫で、ハルは嬉しそうに微笑んだ。

――こんな幸せな時間は……あとどのくらいなのだろう……。

ここのところ、頻繁に考えるようになってしまった。ハルがロスに帰ると言えば、杏奈がどういう立場に置かれるのか、それが不安で。

それだから、彼のことをたくさん知りたいと思ってしまうのかもしれない。

外出の準備をして、車がマンションを出ようとしたときだった。

突然、一台の車が目の前に飛びこんできたのである。

車道へ出る手前だったのでスピードは出ていなかった。それでも相手側の側面にこちらのフロントが衝突する寸前のタイミングだ。

停止できたのはクローバーの直感のおかげだろう。

飛びこんできたシルバーのセダンは、窓がスモーク仕様になっていて車内が見えない。なにかの嫌がらせだろうか。軽く舌打ちしたクローバーがバックしようとしたが、ハルが止めた。

「待て」

彼の声があまりにも深刻で重く、後部座席で隣に座っていた杏奈は無意識に身体を震わせる。

ハルはフロントガラスから見える車を睨みつけたまま、ゆっくりとシートベルトを外し車を降りてしまった。

「ハルさん？」

「杏奈さんは動かないでください」

追っていこうとした杏奈を止めたのは、クローバーだ。彼も車を降りるが、なぜかハルのそばには行かず杏奈が座るドア側に立った。

二人の雰囲気がおかしい。どうしたのかと不安が大きくなったとき、シルバーの車から男が一人降りてきた。

大きな男だ。背も高いが、体格もいい。

よくこの体形に合うスーツがあるなとは感じるが、おそらくオーダーメイドなのだろう。グレーのスーツを身にまとっているせいか、とっさに妖怪の〝ぬりかべ〟を思いだしてしまった。

年はいくつくらいだろう。三十代、四十代だろうか。よくわからない。わかるのは、日本人ではないということだけだ。

『ヴィスナー！』

男は大声でハルが封印した名を叫び、彼に抱きつく。嬉しそうに笑いながら、武骨な手でハルの背中をバンバン叩いた。

「クソが。離れろ。息が臭くて我慢できない」

ハルの声は大きく、車内にいる杏奈にもはっきりと聞こえる。彼らしくない物言いに、つい目を丸くしてしまった。

抱きついていた男は笑顔のままだ。おそらく意味がわかっていない。しかしシルバーの車のドアが勢いよく開き、同じく日本人ではないスーツ姿の男が二人降りてきた。

険しい表情でハルを睨みつけている。見ている杏奈は心臓が停まりそうだが、ハルは涼しい顔で嘲笑《あざわら》った。

「相変わらず、日本語はわからないままなんだな。ニコライ。面倒なことは部下任せか。あんたの部下のほうがよっぽど賢い」

ハルは笑顔で皮肉を口にする。

ニコライと呼ばれた男は、意味がわからず相変わらず笑ったままハルの肩を叩いた。

態度だけは親しげだ。しかし杏奈はその様子を見ていて冷や汗しか浮かばない。それどころか男に対して嫌悪感が湧き上がった。

この男は、ハルの味方ではない……。

直感的に、そう感じた。

＊＊＊＊＊

『おい、ヴィスナー、オレにわかる言葉で話せ』

ニコライは笑いながら言うと、ハルの肩を両手で掴んで彼を揺さぶった。

『わかると思っていた。日本のヤクザと取引があったと聞いたから、日本語を勉強したのかと。……他国を相手にするなら、その国の勉強もしないとね。もう、ロシアでやっていける組織でもないんだから』

ハルは嫌みたっぷり笑顔で口にする。ちょっとムッとしながら手を離したニコライは、皮肉に唇の端を上げる。

『そういうおまえは、びっくりするほどお坊ちゃんなロシア語を話す。ボガトフ一家とは関係がないと言っているのに、どうして他国語をマスターしてんだ？』

『しておかないと、悪口を言われてもわからないだろう？　ボスと話もできないし』

『素直に〝パーパ〟って呼んでやれよ。冷たいな。あんなに期待されてかわいがってもらったのに』

『……昔の話だ』

わずかにイラっとするが、ハルは表情には出さない。それよりニコライを追い払うか、車内の杏奈を逃がすかが先だ。

後者はイチかバチかになる。車を動かせとクローバーに命じれば、ニコライ側の殺気立った部下二人が動くだろう。

素手ならクローバーに勝機はある。だが……武器を持っていたら……。

『そういや、さっきから気になってたんだが……』

ニコライは笑い声をあげてハルを押しのけ車に近づく。屋根に手をかけ、窓から中を覗きこんだ。

『エライかわい子ちゃんを乗せてるな。そうそう、この女だ。おまえが連れ回しているって聞いて、昨日挨拶しようと思ったら寸前でそこの真っ黒い奴《やつ》に横取りされた』

ニコライは杏奈を見ながらドアを開けようとする。クローバーが後部座席のロックをしてから降りているので開くことはないが、その気配を感じた杏奈がビクッと身体を震わせシートベルトを両手で掴んだのが見えた。

クローバーが杏奈を庇うためにドアを開けようとするが、ニコライの部下が動きそうになったのを悟って止まる。今ドアを開ければ、突撃してくるのは目に見えている。

『やめろ。おびえている』

ハルがニコライの肩を引っ張る。静かな声だが苛立ちが伝わったのだろう。ニコライは表情を固めた。

口を開いてすぐに言葉が出てこないところをみれば、自分が有利だと思っていたのに、ハルのかすかな怒りに触れて萎縮しているらしい。

昔からそうだ。この男、大きいのは態度と身体だけ。部下がいなければ虚勢も張れない。

これが、衰退したロシアンマフィア、ボガトフファミリーのボスの長男だ。

『わかった。怒るなよ……』

ニヤニヤ笑いながら、ニコライは一歩車から離れる。その巨体をかがめ、ハルの顔を覗きこんだ。

『大事にしすぎてると、痛い目に遭うぞ？　……おまえのマーマみたいに……』

『――殺されたいのか？』

『おまえもな』

ニコライがスーツの内側から銃を取り出し、ハルの腹部に突きつける。それが見えたらしく、車の中から
「ハルさん……！」と叫ぶ杏奈の声が聞こえた。

ヘタをすれば車から飛び出してきてしまう。ハルは杏奈に顔を向けて首を横に振った。すぐに意味を悟った杏奈が動きを止める。

『ヴィスナー、おまえ、銃は持ち歩いていないのか？　不用心だな』

『ここは日本だし、私の仕事にそんなものは必要がない。……興味もない。……知っているだろう』

『持ち歩いてやれよ。せっかくパーパがくれたんだろう？　ご立派なカメラと一緒に。かわいがられてたもんな、おまえ』

『長男が使い物にならないからな』

ニコライの顔が怒りで赤くなる。突きつけられた銃口がもぞもぞ動くのを不快に感じながら、ハルは静かに言い放った。

『……話し合いの前に私に手を出したら、ボスの怒りを買うんじゃないのか？』

不必要なほど大きく舌打ちをして、ニコライは銃を下ろし、ハルから離れた。

『まぁ、いつもどおりの返事をボスにしてくれりゃいいだけだ。……おかしな気は起こすな』

ニコライが戻ってきたので、部下の二人も車に戻る。タイヤを鳴らして走り去ると、ハルはハアッと大きく息を吐きクローバーに顔を向けた。

「お出かけは中止だね。……四葉」

「湊様には……」

「連絡しておく。……杏奈に会ってほしかったんだけど……仕方がない」

苦笑いをクローバーに見せてから、ハルは優しい微笑みを作って車内を覗きこんだ。

ハルが心配でドアに貼りつく、杏奈を安心させるために。

＊＊＊＊＊

……怖かった……。

壁のように大きな男がハルに拳銃を突きつけたとき、心臓が停まるかと思った。

他国語で話していたのでなにを言っているのかはわからなかったが、いい雰囲気ではない。特に壁男がハルを見下《みくだ》し馬鹿にしているのは強く伝わってきた。

それでもハルが苛立つ素振りを見せるとオドオドしだすので、虚勢を張っているのだというのはわかった。

話していたのはロシア語だろうか。大学で杏奈は専攻していなかったが、専攻していた友だちが勉強しているときのイントネーションだった。

ハルの父親がロシア人らしいので、彼がロシア語を話せても不思議ではない。

（でも……銃を持っているとか……。あの人、何者なんだろう……）

そもそも、あれは本物なのだろうか。

「杏奈、お待たせ」

壁男たちの車が見えなくなると、ハルが車に戻ってくる。座席に両手をついてドアの前まで詰め寄っていた杏奈は、ハルの微笑みを見た直後、涙腺が決壊してしまった。

「ハル……さっ……」

「あーあーあー、泣かないで、泣かないで、杏奈っ」

杏奈を座席の奥へ詰めさせながら、ハルが車に乗りこむ。ドアを閉めると彼女を抱き締め胸に押しつけて、頭を撫でた。

「よしよし、怖かったね。ごめんね、ごめんね」

「ハルさっ……、大丈夫、ですかぁ……」

泣き声で言葉が上手く出ない。しゃくりあげる杏奈を抱きしめ、ハルは震える背中を叩いた。

車がマンションへ戻っていく。外出は取りやめになるようだ。

ハルの親友に会えないのは残念な気がしたが、出かける直前にこんなことがあっては仕方がない。

「あの人……誰ですか……」

おそるおそる尋ねると、一瞬だけ、ハルの腕に緊張が走った気がする。聞いてはいけないことだったかと思いかけるが、彼は冷静に口を開いた。

「同じ父親を持つ他人。かな。……あっちは、正式な長男として、組織の中で大きな顔をしているが……」

「お兄さん……ってことですか……」

「私はそんなふうには思っていない。あっちも思いたくはないだろう。私が父に会う日が近づいてくるとしゃしゃり出てくる。私が、いきなり組織の跡を継ぎたいとか言い出さないか不安なんだ。図体《ずうたい》のわりに、肝っ玉の小さい男だからね」

「ハルさんは、自分でたくさん会社を持っているし……、お父さんの会社の跡を継ぐとか、無理なんじゃないんですか？」

「父は……まだ諦めていない。……組織を私に継がせたいんだ」

自分で多数の会社を興《おこ》した人だ。経営に才がある息子を跡取りに欲しいのは当然かもしれない。

しかし……、どことなく会話が噛《か》み合っていない気がする。会社という組織の話をしているように感じられないのだ。

「ハルさん……あの……」

「ん？」

顎を持ち上げられ、目尻にハルの唇が触れる。涙を吸い取られ、その視線にうっとりするも、今は浸っていられない。

「……組織、って……、会社、ってことですよね……。ロシアの人って、ああやって普通に銃なんか持っているんですか……？」

おそるおそる尋ねると、無言になったハルの視線だけが落ちてきてドキリとする。

マンションの駐車場に入ったころ、やっと彼の口が動いた。

「持っているよ。……マフィアだからね」

——言葉が、出なくなる。

「以前、父親はロシアの人間だと言っただろう？　私の父親は、ロシアンマフィアのボスだ」

――一瞬、なにかの冗談かと思う。

しかし冗談なら、彼はきっとアタシ口調で軽く言うだろうし、こんな深刻な口調にはならないだろう。

駐車スペースで車が停まる。しかしハルは動かない。肩を抱き寄せたハルの手に力がこもっている。彼はもしかしたら、苦しい話をしてくれているのではないか。

「ハルさん……」

クローバーが不安げな声を出す。彼のこんな声を聞くのは初めてだ。

「心配するな……。すべて話して、杏奈に逃げられたら、ヤケ酒につきあってくれ」

「……はい」

冗談なのだろうが、声が深刻なので冗談に聞こえない。クローバーが杏奈を見ているのはわかる。彼女がどうするのか心配なのだろう。

――しばしの沈黙のあと、ハルはゆっくり口を開いた。

「ロシアのマフィアが犯罪組織として急激に増えたのが、ソ連の崩壊後だ。父のボガトフファミリーも、その流れにのって栄華を極めた。……母が日本に来ていた父に出会ったのも、そのころだ。最初は、お互い純粋に愛し合っていたらしい。けれど、父の身分を知って、その立場を考え、自分では父を支えられないと思った母は愛人という身分に自分を置き、私を産んだ」

身を固めて話を聞く杏奈に、ハルはしっかりと話をしてくれる。相槌《あいづち》を入れるタイミングも計れないまま、杏奈は黙って聞き入った。

「父は私をかわいがってくれた。……異母兄であるニコライより、……跡取りとしての才があると……考えたようだ」

ハルの父親の考えは、間違いではないだろう。異母兄弟の対峙《たいじ》を少し見ただけの杏奈にもわかる。

威圧感も、迫力も、間違いなくハルのほうが上だった。だいいち、彼はとんでもなく腕の立つ人だ。

「十歳の誕生日に、私は父からカメラをもらった。そのカメラで撮った写真が賞をとり、そのときの父は喜んでくれたが、その後、カメラに没頭して天才写真家などと祭り上げられ活動を広げていくのが気に喰わなかったのだろう……。私の意識が組織側へ向くよう……私の大切な人間に手をかけた」

「……大切な人？」

「母だ……。暴行を受け、薬漬けにされて……。以前にサンタモニカの別荘に住んでいると言ったが、療養生活だ。廃人同然になってしまい、余生を送っている。……もう、長くはない。今までもったのが奇跡だ」

息が詰まる。恐ろしい想像が脳内をめぐり、血の気が引いた。

「十五のときだ……。あの人は、私の意識を組織に向けたいばかりに、母を使った。かつては愛した女を殺しても、私を組織に入れたかったそうだ。その時期、爆発的に増え犯罪組織として力をつけすぎたロシアンマフィアは、マフィア同士の抗争があとを絶たず支配領域の奪い合いばかりになっていた。ボガトフファミリーも幹部の逮捕が相次ぎ、父は何度も殺されかかって、とうとう車椅子から動けなくなり、どんどん勢力を落としていった。……再興を目論《もくろ》み私を組織に入れようとしたが、断った。……絶対にマフィアになんかならないと……。父とのかかわりを捨てたくて、私はヴィスナーの名前ごと捨て、仕事でも、恩田ハルを名乗るようにしたんだ……」

ハルがなぜ栄誉であるはずのヴィスナーの名を捨てたのか、この世界から、ネットワークという次元から抹殺したのかがわからなかった。

こんな理由があったのだ……。

父親と縁を切るために、彼はヴィスナーである自分を捨てた。

「マフィアの跡取りなどには興味がないと示すために、私は起業家として手広く仕事を繋げ、写真家としての自分を確立させた。中性的なふるまいをするのも、そのほうが明るいイメージがつくし、自分の仕事メインで行動していることを知らしめられる。日本で二箇所にマンションを持っているのも、ロスに大きな邸宅を構えているのも、ロスと日本でしか生きていく気がないという形を作るため。……そこまでやっても……ニコライは、いつか私が組織を乗っ取りにくると思っているらしい。特に、父に会う直前は……」

「……ときどき、会っているんでしたっけ……？」

「一年に一度会っている。そうやって会っていれば、いつか私の気が変わるとでも思っているんだろう。面倒だが、その約束を破るわけにもいかない。……余生を送る母に……これ以上の手出しをさせないためだ。……母はもう長くない。一年、もつか……。ただ、父も抗争時代に負った傷が原因で身体が動かなくなっている。こちらも長くはないだろう。それだからよけいに、私に執着する。衰退したファミリーの再建なんて、時代がもう許してはくれないしできるはずがないのに……夢をみている」

ハルは呆然《ぼうぜん》とする杏奈を見て苦笑する。

こんな話を聞けば、当たり前の反応だ。クローバーに言ったように、杏奈がこのまま逃げ出すと思っているのかもしれない。

杏奈はハルのシャツを両手で掴み、じっと彼を見つめた。

「ハルさんは……」

「ん……？」

「そうやって、お母さんを守るために……自分の運命と闘ってきたんですね……」

「杏奈……」

「すごいです……すごく、強い……。優しくて、強い……。ハルさんは、本当に……」

止まったはずの涙が、またもやボロボロこぼれ出す。その目尻に、ハルが唇をつけた。

「……ごめん、杏奈。……私は、大切な人を作らないで生きていくつもりだった……。大切な人を……盾に取られる危険性があったから……。でも、耐えられなかった。杏奈を、そばに置きたかった……。けれど、怖い思いをさせて……ごめん」

「そんなこと言わないでください……！」

ハルに抱きつき、杏奈は自分の気持ちを叫ぶ。

彼と離れたくない。その一心だった。

「言ったじゃないですか！　わたしはハルさんと一緒にいたい！　ハルさんが苦しんでるなら、一緒に苦しみたいし、悩んでいるなら一緒に悩みたいんです！　役に立てることなんてないかもしれないけど……わたしは……」

感情に任せて口にはするが、不安になってくる。自分はハルの役に立てることなんて、あるだろうか。

しかしそんな不安も、ハルが汲《く》み取ってくれる。

「ありがとう……杏奈……」

杏奈を抱きしめ、唇にキスをして、また強く抱きしめる。

ハルの腕に抱かれていると安心できて、改めて、彼が背負っているものに立ち向かっていきたい気持ちが大きくなった。

「決着をつけてくるよ……、杏奈のために……」

その意味を聞けないまま、杏奈はハルがくれるくちづけに陶酔した。

第四章　共に生きる未来のために

「うわぁ、ハルさん、素敵っ、かっこいいっ、綺麗っ、さいっこうっ」

どんな褒め言葉を使ったらいいのかわからない。とにかく杏奈は思いつくままに言葉を並べた。

ひとつの言葉になんて絞れるものか。この人には、この世の賛美のすべてをあげたい。

「ほんと、ほんっとに、素敵です！」

もう少しいい言葉はないものか。しかし、感動にも似たこの胸の熱さをどう表現しよう。

言葉を選びきれないまま瞳をキラキラさせる杏奈の前で、ハルはあでやかな微笑みを見せた。

「ありがとう。杏奈に言われると、すっごく嬉しい」

「だって……、ハルさんのスーツ姿なんて……初めて見た……」

両手を胸で合わせ、杏奈は陶然とする。

外出前のハルは、三つ揃《ぞろ》えのブラックスーツ姿だ。

ブラックスーツといえばクローバーの定番だが、ハルの場合は深く濃いブラックに艶のある生地で、それだけでもお洒落なのに、ハルが身にまとうと輪をかけてエレガントでかっこいい。

今までシャツにジャケットという姿は見たことがあっても、しっかりとネクタイを締めたスリーピースは見たことがなかった。

「スーツは、ロスで会社の仕事をしているときはよく着るよ？　パーティーなんかのお呼ばれも多いからね。日本でも……パーティー関係と……、今回みたいな特別な用事のときは着るかな……。一応ね」

最後のセリフに苦笑が混じる。本人的には、今日の姿が形式上の義理でしかないのだろう。

――ハルはこれから、父親に会う。

ほぼ、一年に一度の対面。表向きは息子に会いたいから、ということらしいが、その実はハルの説得だ。

ファミリーの跡取りとして、その才を感じずにはいられない愛人との息子を、父親は諦めてはいない。それだから毎年ハルの気持ちを確認する。

ただハルは、そんな繋がりも今回の話し合いですべて終わらせるつもりらしい。どうするつもりなのかは杏奈にはわからないが、きっと彼にはその策があるのだろう。

「でも、そんなに褒めてもらえるなんて嬉しいな。今度は杏奈とデートするときにも着ようかなぁ」

「ほんとですかぁ？　楽しみっ。……あ、でも、ソワソワしちゃいそう。ハルさん、いつも素敵だけど、そんな恰好《かっこう》してたら……なんか、すごく……」

嬉しいような……、困るような。照れる気持ちをどうしたらいいかわからず、合わせた両手の指をパタパタ動かしながら、杏奈は右に左に視線をさまよわせる。

その視線に合わせて顔を動かしたハルが、杏奈の視線をつかまえた瞬間ふわっと微笑んだ。

「見てるだけで、イっちゃいそう？」

「ハ、ハ、ハルさんっ、なんてことをっ……！」

「だってぇ、アタシを見てもじもじしてるから」

クスクス笑われ、よけいに恥ずかしい。間違いじゃない。間違いではないのだ。見ているだけでムズムズしてくるレベルなのだが、それを指摘されると照れてしまう。

「そ、そんな、このくらいでそんなことになっちゃってたら、同行するクローバーさんはどうなっちゃうんですかっ。腰抜けて動けなくなりますよ」

そばで外出の待機をしているクローバーを指さすと、呆れた声が飛んでくる。

「俺を引き合いに出さないでくれ。……ってか、あんたと一緒にするな」

「そうだねぇ、クローバーがアタシ絡みで動けなくなったのは、あとにも先にもオイタして肋骨折られたときくらいだね」

「そうですね。二度とごめんですが」

「大丈夫っ。クローバーは、言いつけを守るイイ子だからね」

「恐縮です」

……笑うに、笑えない……。

以前にも肋骨がなんたらの話は耳にしたが、詳細を知らないので口を挟みようがない。

想像できる理由として、クローバーがなにか反抗的なことをしてハルの逆鱗《げきりん》に触れた……くらいだろうか。

（でも、ハルさんが人に大怪我《おおけが》を負わせるほどの暴力をふるうとか……考えられないんだけど……）

かつて、杏奈を助けるために動いてくれたことはあったが、相手に大怪我を負わせるほどではなかった。

最終的な後始末は、クローバーが引き受けていたように思う。

(盾……って、そういう意味もあるのかな……)

に、しても……。こんなに従順なクローバーが……なにをしたのだろう。

「さっさと話しをつけてくるよ。杏奈の仕事が終わるころには迎えに行くから」

「はい、残業にならないように、頑張って仕事してきます」

元気よく返事をしてから、杏奈はハルに寄り添いスーツの胸にそっと手をあてた。

「……帰ってきてくださいね……」

不安な空気を感じとったのだろう。ハルは優しく杏奈を抱きしめる。

「帰ってくるよ……。すべて、終わらせて……」

頼りがいのある、深い声。

信じているはずなのに、うるさいほどの胸騒ぎを、杏奈は止めることができなかった。


ハルが父親との繋がりを終わらせたい気持ちはわかるのだが……。

彼はずっとファミリーの一員になる気はないと言い続けてきたのだろうし、それでも父親が諦めずにいるなら、想いの根は深い。

今回で終わらせるなんて、できるのだろうか。

不安で仕方がなかったが、だからといって仕事をおろそかにはできない。ソワソワしてなにも手につかないでいれば、仕事も終わらなくて残業になってしまう。

（ハルさん……帰ってくるって言ってたんだから……）

彼はきっと笑顔で待っていてくれる。アタシ口調で「あー、せいせいしたぁ！」と言いながら、杏奈を抱きしめてくれるだろう。

「お昼行ってきます」

「あいよ。いってらっしゃい」

昼休みに入り、気分転換に外に出ようと考える。昼出社の明菜に声をかけるとおどけた声が飛んできて笑ってしまった。

席を立ちオフィスを出ようとしたところで、同じく外へ食べに出る相談をしていた男性の同僚二人に声をかけられた。

「兵藤さん、外に食べに行く？　オレら、先月オープンしたラーメン屋に行くんだけど、一緒に行かないかい？　女の子に人気のアイスがついたセットとかあるらしいよ」

冷たいものでクールダウン、もいいかもしれない。けれど、今は気持ちが落ち着かないせいもあって一人でいたかった。

「わー、いいですね、アイス食べたいです。でもすみません今日は別に用事があるので、次の機会に……」

「あ……そう？」

どことなく驚いた顔をする二人に、「すみません」と頭を下げ、杏奈はオフィスを出る。と、何気なく会話が耳に入ってきた。

「ちょっとびっくりした……。兵藤さんに、次の機会に、なんて言われたの初めてじゃないか……？」

「やっぱり雰囲気変わったんだよ。前まで、声をかけたら視線も合わさないで逃げていく感じだったから、なにもしてないのに悪いことした気分になったもんだけど」

「君たち、女心がわかってないなぁ。女の子の雰囲気が変わるといえば……アレができたに決まってるでしょう。アレっ。兵藤ちゃん、もともとかわいかったけど、最近とみにかわいいもんね～」

明菜が口を挟み、彼女の考察に照れくささを感じた杏奈は早々にオフィスを離れ階段へ向かった。

彼氏ができたから雰囲気が変わったんだ。遠回しにそう言われているのがわかる。

そんなことわかるものなのか……。しかし、学生時代、彼氏ができた子はどことなく雰囲気が変わってきて、男子は気づかなくとも女子にはすぐわかったものだ。

とはいえ、実際杏奈自身も驚いている。

たとえ無害な同僚の男性でも、一線引いて決して親しげにはできなかったのに、声をかけられたときいつもの頑なな感情が動かなかった。

男性というものが苦手だという意識から必要以上に警戒して、そのせいで買わなくてもいい反感を買って、生きづらい人生を送ってきた。

仕事でも、男性のクライアントに感じていたやりづらさが最近は軽くなっている。そのせいか仕事の進みが格段にいい。

……自分は、少しずつ変われているのかもしれない……。

階段を一階に下りたところで立ち止まる。胸に手をあて、明るい気持ちになっている自分に気づいた。

（……ハルさんのおかげかな……）

ハルを好きになって、愛してもらえて、自分に自信がついたぶん周囲を見る目も変わってきたのかもしれない。

彼に出会えて本当によかった。

人生を変えてくれた人だと、杏奈の心にジンッと沁みてくる。

ロビーに出ると、なにか様子がおかしい。それほど広くはないロビーやエントランスが社員でいっぱいになっている。

フレックス体制をとっている者や、早朝出勤の社員、残業の社員などで出社や退社の時間が一概に同じではないため、混雑しないのが救いだったというのに。

こんなにもロビーの片隅に固まっている光景は、異様にも思えた。

みんな小声で話しているため、よけいにざわついて不穏な雰囲気を作り出している。

「なにあれ……怖い」

「警察呼ばなくていいの？」

「なんだよ、あれ……誰か通報しろよ……」

みんなが見ているのは正面出入り口だった。その原因を知り、杏奈は目をみはる。

正面入り口の外に、男が三人立って煙草を吸っている。日本人ではない。壁のような巨体と、それにつき従う二人。

先日、外出を阻んだハルの異母兄ニコライと、その部下だ。

見るからに通常とは違う凶暴性を感じさせる三人だ。近寄れば殴られそうな恐怖感さえある。これでは買い物や食事に出ようとしている社員が動けない。

(どうしてこんな所にいるの)

考えても答えはひとつ。ハルにとって大切な日に、いわくのある人間がそろって立っているのだ。――杏奈が目的に決まっている。

ハルに連絡を入れたほうがいいだろうか。とはいえ彼は話し合いの最中かもしれないし、連絡自体つくかどうかわからない。

「うわっ、なんだあれ、メシ行けねーな」

「警察呼んだほうがいいんじゃないのか」

杏奈を誘ってくれた同僚たちも下りてきた。とにかくこのままでは誰も外へ出られない。かといって、杏奈が出ていくわけにもいかない。

小さな悲鳴があがる。部下の一人が社内へ入ってこようと動いたのだ。

これでは騒ぎが大きくなるだけ。もし社員に手出しするようなことがあったら大変だ。

「Wait! Stop!」

杏奈は大きな声で叫び、駆け出す。背後で「兵藤さん!?」と同僚たちの焦った声が聞こえた。

ロシア語は話せないしわからない。

先日見た限りでは、部下は日本語がわかるようだった。話せるかはわからないまでも、英語で会話ができる可能性もある。

杏奈の顔を覚えているのだろう。丸メガネの部下はニヤリと嗤う。

「ツイテコイ」

抑揚のない棒読みだが、それでも日本語が話せる。やはり杏奈を探していたのだ。威嚇《いかく》して去っていった日以来、その気配さえなかったのであれで終わりなのだと思っていた。

「お断りしたら、どうなりますか?」

「皆殺し」

先の棒読みと比べると驚くほどハッキリとした発音だ。

杏奈が前に出てからエントランスが兢々《きょうきょう》としているので、今の言葉は社員には聞こえてはいないだろう。聞こえていないほうがいい。

彼らについて行かなければ、今いる社員たちがどうなるかわからないという意味で言っているのだ。

「ヴィスナーガ、オカシナコトヲシナイタメ。ボストノハナシガオワッタラ、カエス」

杏奈を人質にするつもりらしい。ハルにおかしな気は起こすなと、牽制するためなのだろう。

そんなことをしなくたって、彼はマフィアに身を置く気などないのに……。

とにかく、この男たちをここから遠ざけなくては。社員になにかあったら大変だ。

「わかりました。行きます」

杏奈はそう返事をしてから、くるっと振り返り同僚の二人に話しかけた。

「すみませーん、わたしのクライアント繋がりのお客さんなんです。なにかトラブルがあったらしくて、行ってきます。手こずったら直帰しますから、伝言お願いしますねー」

「え？　わかった……、でもそんなクライアント……」

「よろしくお願いします！」

少々おかしく思われたようだが、ここで説明に時間をかけているわけにもいかない。

杏奈がさっさと外へ出ると、壁男ニコライが彼女を見下《みくだ》し、口元をゆがめて虫唾《むしず》が走る嗤いを作ってなにかを言った。

「ものわかりがいい」

かたわらに立つキツネ目の男が口を開く。どうやらニコライの通訳役らしいが、丸メガネの発音より聞きやすかった。

ニコライはまったく日本語がわからないのだ。ハルが言っていたように、すべて部下にまかせっきりなのだろう。

丸メガネにうしろから押されながら脇道へ入ると、シルバーの車が停まっている。キツネ目が運転席へまわり、ニコライが後部座席のドアを開けたとき……。

杏奈のうしろで、丸メガネが勢いよく吹き飛んだ……。

「走れ！」

驚いて振り向いたのと、その叫び声が響いたのが同時。目に映ったのはクローバーの姿だ。彼は杏奈の前に入り、ニコライから彼女を隠した。

「いつもの場所に車がある！　そこまで走れ！」

ハルについて行ったはずの彼がなぜここにいるのか。聞いている暇も戸惑っている余裕もない。杏奈はただ言われたとおりに走り出した。

直後大きな打撃音がして反射的に振り返る。クローバーがニコライを蹴り飛ばしたらしい。あの巨体を蹴り飛ばしてしまえるなんてすごいことだ。

感心している場合ではない。運転席から出てきたキツネ目の男が、杏奈に銃を向けたのが目に入った。

銃弾のよけかたなんて知らない。突然のことに思わず足が止まった……そのとき――――。

クローバーが……杏奈の前に飛び出してきた……。

「クローバーさん！」

前に立ちふさがった彼の身体が大きく揺れる。一瞬止まったあと……地面に崩れた。

「クローバーさっ……」

倒れたのではない。彼はかろうじて両膝を地面についた状態で止まり、片手を横に出して杏奈を制した。

「俺の前に出るなっ……」

声が苦しそうだ。確かに弾丸があたった気配がした。怪我をしたのではないか。彼はシャツを胸で鷲掴み大きく息を吐いて杏奈の不安に答えてくれた。

「こんな日だ……防弾ベストくらい着ている……。場所が悪い……古傷にひびいた……」

苦笑する横顔が目に入る。先程の衝撃でサングラスが飛んだらしく初めて彼の素顔を見てしまった。

雄大が「かわいい顔」と彼をからかっていたが、サングラスをかけているときとは違って、とても優しい顔をしている。——もしや、杏奈よりも年下ではないだろうか。

クローバーが落としたサングラスが踏まれ、キツネ目が彼の頭に銃を突きつける。ニコライがその背後に立った。

「女、横からとるのよくない」

ニコライがなにかを言ったあとにキツネ目が口を開く。

「ボスとの話し合い、終わったらもどす」

先刻も同じことを言われた。人質になっているということなのだろう。するとクローバーがニコライに話しかけ、二言三言会話を続けたのだ。

ニコライはロシア語しか話せない。とすれば、クローバーがロシア語を習得しているということだ。

クローバーはゆっくりと立ち上がり杏奈に顔を向ける。

「話はつけた。行くぞ。ハルさん側の話し合いは、そんなにかからず終わるはずだ。それまであいつらに見張られてやればいい。間違いなく解放されるように、俺も行くから」

「クローバーさん……ロシア語が……」

「ハルさんのそばにいるんだ。当然だろう」

あまりにもサラッと言われてしまい、二の句が継げない。そのうちにシルバーの車がそばに移動してきて、銃を突きつけられた状態で後部座席へ乗せられた。

「クローバーさん……ハルさんと一緒にいたんじゃなかったんですか？」

車が走り出してから尋ねる。クローバーは軽く息を吐き、乱れた前髪を掻き上げた。

「……ボスのところに、ハルさんへの伝言が入ったんだ。女は預かっといてやるからゆっくり話し合いをしろって。ようは、あんたを拉致るから下手なことはするな、ってことだろう？　ハルさんからすぐに様子を見に行くように言われて来たら……こういうことになっているところだった、ってわけだ。……間に合ってよかった、と思うしかないな。一人で拉致《らち》られていたらすぐに殺されたかもしれない。今は俺が盾になってやるから、心配するな」

「盾って……。クローバーさんは、ハルさんの盾なんでしょう？」

「あの人と、あの人が大切にするものすべてだ。だから、俺はあんたの盾にもなる」

使命感のために銃弾を受けたクローバーを思うと、杏奈は胸が痛い。焼け焦げた白いシャツが痛々しくて、直視できないままに杏奈はおそるおそる聞いた。

「あの……痛くないですか？　すみません……いくらお仕事でも、わたしなんか庇うために……」

「あんたのためじゃない。ハルさんのためだ。あんたが傷つけばあの人が悲しむ。それは、あってはならないことなんだ」

「……クローバーさんは、本当にハルさんを慕っているんですね」

「俺の人生を百八十度変えてくれた人だ……。あの人が俺を赦《ゆる》してくれなかったら、……いまごろ、ここにはいない」

二人のあいだには、主従とは違うゆるぎない信頼関係がある。

そんな話をいろいろと聞いてみたいと思うものの、助手席のニコライがなにかを叫び、クローバーの横にいる丸メガネが彼の頭に銃を突きつけた。

「ウルサイ」

理解できない日本語でぺちゃくちゃ喋られて、ニコライは苛立ったのかもしれない。それくらいで憤ってしまうなんて、身体は大きいが本当に器の小さい男だ。

……これなら、父親がハルに期待をしてしまう気持ちもわかる。

同じことを思ったのであろうクローバーが、苦笑をして口をつぐみ、ジッと前方のフロントガラスから流れる景色を見る。

もしもこの周辺の地理が頭に入っているなら、行き先に見当がつくのかもしれない。それとも道順を頭に入れているだけか。

どちらにしろ彼の邪魔をしないよう、杏奈も口をつぐんだ。

自分に降りかかっているこの状況が信じられないし、もちろん怖い。

けれど、ハルが信用を置いているクローバーがそばにいてくれると思えば、わずかに恐怖心もやわらぐ。

すべてを終わらせて、きっとハルは戻ってきてくれる。

彼を信じることで、杏奈は心の安定を保った。

＊＊＊＊＊

「……ヴィスナー」

囁くように呼び掛けられ、窓辺に立っていたハルはその場で振り返った。

視界に入るベッドには、横たわったままの男がいる。今まで眠っていた。目を覚ましたらしい。

「ここにいる」

返事をすると、男はゆっくりと顔を向ける。ホテルのベッドルームには自然光だけが満ちていた。白い顔がより白く見えて、昨年会ったときより頬はこけて目も落ちくぼんでいる。

今にも目を閉じて永遠の眠りに落ちてしまいそうな頼りなさを感じるが、ハルが幼いころは堂々とした精《せい》悍《かん》な男だった。

小さなハルを高く高く抱き上げては「おまえは私にそっくりだな」と嬉しそうに笑ったものだ。

――ハルの父親、衰退したロシアンマフィア、ボガトフファミリーのボス。

取引もかねて若いころから日本に出入りしていたせいか日本語が達者で、母ともハルとも普通に日本語で会話ができる人だ。

幼いころは、ハルも、ときどきしか会いにこない父に懐いていた。

十歳の誕生日にもらったライカのカメラは、子どもにはもったいないくらいの高級品だ。それを駆使して撮った母のうしろ姿がコンテストで入賞した。

父は、とても喜んでくれた……。

――おまえは私の誇りだ。……と。

父親がロシアンマフィアなのは知っていた。母が愛人なのだということも理解していた。

そんな関係の両親を軽蔑も嫌悪もしなかったのは、二人が本当に愛し合っていること、母が父のために身を引いたのだということが、子ども心にも理解できていたから。

日本で母やハルと会っているときの父は、いたって普通の父親だった。

いろいろな話をしてくれて、知らない世界を教えてくれて、ハルの興味や好奇心をいい方向に育ててくれた。

尊敬さえ……していたのに。

「……すまないな……せっかくの日なのに……」

ゆっくりと息を吐き、口元をゆがめる。こんな身体でなければ、父は皮肉なほど威圧感のある苦笑いを見せてくれたことだろう。

「構わない。どうせ、今回で最後だ」

ハルが答えると、ボガトフはなにかを言いかけてやめる。反論したい気持ちはあるだろう。しかしそれも無駄なのだと、父自身がわかっていることだ。

父と息子の面会は、今回が最後。来年はない。

――ボガトフの命が、もう、一年ももたないからだ……。

父が滞在するホテルを訪れ、土産の定番にしているロシアケーキを渡しているとき、父にニコライから連絡が入った。

杏奈を人質にすると取れる内容。すぐにクローバーを向かわせた。

少し前にクローバーにつけているGPSを確認したところ、杏奈の会社から離れていっている。報告なく離れたということは、ニコライ側の行動に従っているということだ。

クローバーが一緒だ。不安はないにしても、事を急ぐに越したことはない。

ニコライからの連絡のあと、ボガトフは軽い発作を起こし寝室で休んでいたのだ。

「気持ちは……変わらないのか……」

何度この確認を耳にしただろう。ハルの返事は変わらないというのに。

「マフィアのボスなんて……クソくらえだ……」

こんな言葉を使ったら、また杏奈が反抗するだろう。「ハルさんらしくないです！」と言ってから「口が悪いですよ」と拗ねる。

杏奈を思いだすと胸の奥がくすぐったくなる。それに浸っていられるときではないが、ハルは温かな気持ちを少し残して父親と対峙した。

「衰退の一途をたどったボガトフファミリーに、再建の道はない。ロシアンマフィアが栄華を極めた時代とは流れが変わっているし、都市ごとの勢力も大きく変わった。あんただって、わかっているだろう」

「……ヴィスナーなら……もしかしてと、思っていた」

「夢はみるな。ニコライにも言ってやれ。もう終わりなんだと。あんたがいつまでも夢をみて私に固執するから、ニコライも夢から覚めない。果ては自分がボスになれる妄想まで抱いている。あいつがボスになんて収まったら、一瞬で他の組織に皆殺しにされる」

ボガトフはハルから目をそらし、天井を見つめた。

「……どこで……選択を間違えたのだろう……。おまえたち母子を、日本に残してしまったことが間違いだったのか……。もし、強引にでも連れていっていたら……」

この後悔も、何度聞いたのかわからない。ハルと母親を手元に置いておけば、今ごろ希望どおりハルが自分の跡を継いでくれていたのではないかと……夢をみている。

ハルの母は、物静かで優しい女性だ。ボガーフもそんな母に惹かれ、癒されて愛し抜いた。

母をロシアに連れていかなかったのは、自分が身を置く世界で汚れてほしくなかったという、純粋な気持ちがあったからこそ。

そして母も、自分では父を支えてあげられないとわかっていた。

あのとき、それ以上の選択肢はなかったのである。

今、もしも、と口にするのは、愚かな夢でしかない。

「私を……恨んでいるか……?」

「昔はね……。今は、もうどうでもいい。どうせ、あんたが死んだらすべて終わる」

「そうだな……」

この先の見通しも新しいボスも決まらないままボガトフがかえらぬ人となれば、その時点でファミリーは解散。残った人間は身の置き場をなくす。

「ヴィスナー……」

「ハルだ」

ハルは強い口調で言い返す。

「私の名前は、ハルだ。母がつけてくれた。私の名前は、ひとつしかない。……ヴィスナーと呼ばれるのも、もう終わりだ」

「……私が、長くないからか……?」

「すべて終わらせるつもりで来た。……こんな繋がりも……、ヴィスナーの名も……」

静かな足取りでボガトフに近寄る。枕元に立ったハルは昔の面影も消えた父の顔を見ながらスーツの内側に手を入れ、――拳銃を取り出した。

その銃口を、ボガトフに向けたのである。

「……懐かしいトカレフだ……。まだ、持っていてくれたんだな……」

息子に銃口を向けられているのに、ボガトフは嬉しそうだ。重たかった口調に抑揚がついて、かすかに興奮している。

「あんたにもらったこの銃に弾が入っている限り、なにも終わらない。……あんたが教えてくれたんだ。……あのとき……」

脳裏をめぐるのは、苦しい思い出。

ハルを陥れるため、母が陰謀の材料にされた……十五歳のときの記憶。

天才写真家ともてはやされ、アメリカでスポンサーもついていたハル。日本の家を留守にすることも多くなっていた。

そのため、父が日本にくるのを知っても、外せない仕事が入ってしまっていてスケジュールを合わせることができなかったのだ。

自分がいないあいだに、母は暴行を受け、正気には戻れないほど薬漬けにされた……。

怒りに憑りつかれたハルは十歳の誕生日にカメラと一緒にもらった銃を持ち出し、父が部下たちと滞在していた別荘へ向かい……、ボガトフを殺そうとしたのだ。

止めようとした部下たちをことごとく倒し、父に拳銃を突きつけた。

……しかし、とあることに気づき、天井に一発発砲して場を収めた。

親子の縁は切ると宣言したハルに、ボガトフは言った。

『私が与えたその銃を持っている限り、おまえは私の息子だ。自らが発砲したことで、その銃はおまえの身体の一部となる。そこに弾をこめる限り、おまえは私の息子であり続ける』

すぐにでも銃を捨てて縁を切りたかったが、今までどおり、年に一度父親に会うことを了解した。

そうして縁を切らないでいれば、ファミリーの人間はハルに手出しができない。ましてや、ボスの跡取りになるかもしれない人間だ。

跡取り候補。その位置に自分を置いておけば、……母に手出しされることもない。

安心して母を療養させてやりたかったのだ。

「ここであんたを殺せば、早々にすべては終わる。……けれど、その前に、……教えてくれ」

「……なんだ?」

「ずっと信じられなかった。あんたは……間違いなく母を愛していたはずだ……。いくら、私を手に入れたかったからといって……」

「それがマフィアだ。ファミリー存続のためには、常に有能なボスが必要だ」

銃を向けた手がピクリと震える。

わかっている。たとえ愛した女でも利用して陥れて、ファミリー存続のために手段を択ばない。それがマフィアなんだ。

……そう自分に言い聞かせて、ハルは心から父親を憎み蔑《さげす》もうとしていた。

だが、心から母を愛していたことを子どものころから知っていたからこそ……。

父が、心からハルをかわいがってくれていたことをわかっているからこそ……。

どうしても、あの仕打ちが認められなかった。

そして、そんな父が真実を明かさない理由があるとすれば……。

「血を重んじるあんたのことだ……。庇うなら、身内……。残虐非道な考えだけは働く息子が……もう一人いる……」

ボガトフは顔を前に向け、天井を見つめる。ハルが言葉を続けた。

「……あのときの首謀者は……ニコライだね？　――父さん……」

何年振りかで口にした呼び名。

かすかに眉を下げたボガトフはまぶたを閉じ……。

ハルは、引き金を引いた――。

＊＊＊＊＊

杏奈とクローバーが連れてこられたのは、取り壊し半分で放置され廃墟《はいきょ》化したマンションだった。

昼間なので壊れた壁や窓から日の光が入るが、暗くなれば近寄りたくもない場所だ。

おそらく、五階ぶんくらいは階段をのぼらされただろう。コンクリートがむき出しで、埃が溜まった広いワンルームにクローバーとともに閉じこめられた。

窓が壊れて柵が落ちたベランダがある。近づいて覗くとかなりの高さがあり、ここから落ちたらと思うとゾッとした。

「ここ……どのあたりなんでしょう……」

窓から離れつつ杏奈が口にすると、腕を組んで壁に寄りかかるクローバーが時計を確認する。

「だいたいどこかはわかる。窓から飛び下りて逃げるか？」

「しっ、死にますよっ」

「同じようなベランダが階下にある。それをつたえば……」

「できるかどうか人を見てから言ってください」

クローバーやハルならできそうだが、杏奈には無理だ。いやその前に、できるほうが希少ではないか。

「冗談だ。……そろそろハルさんが話をつけるころだろう。話がつけばニコライ側に連絡が入る。もう少し我慢していろ」

クローバーは冷静だ。人質という立場をなんとも思ってはいない。

（それにしても……）

身の置き場に迷いつつ、杏奈はクローバーを盗み見る。

……見れば見るほど……かわいい顔をしている……。

男性的ではあるのだ。アイドル風のイケメン……とでもいうのだろうか。

「あの……聞いてもいいですか……？」

「なんだ」

「クローバーさん……年はいくつなんですか……？」

杏奈を見たクローバーがニヤリとする。ドキリを通り越して怒られるのではないかと察した身体が、ビクッと震えた。

「年下に見える、って言いたいんだろう？」

「ぃ……いいえ……、そういうわけでは……」

……ある。

「残念だが、あんたと同じ歳だ。二十四」

「え……同じ……」

「不服か？」

ギロリと睨まれ、杏奈は直立して首をぶんぶんと左右に振る。かわいい顔、とは思っても、やっぱり態度に迫力のある人だ。

「でも、クローバーさんはいつもサングラスをかけているから、すごく大人っぽく見えました。なんか、怖さが増すっていうか、迫力があるっていうか。……やっぱり、こういったお仕事って、雰囲気が怖いほうがいいんですよね？」

「そうなんだろうな。サングラスをつけてくれたのは……ハルさんだから」

「ハルさんが？」

「肋骨折ったお詫び、とか言って、退院の日にかけさせてくれた。……想像できるだろう？」

「あ……」

自然と頭に浮かんでしまう。あのアタシ口調でニコニコしながら「おっわっびぃっ」とか口調を弾ませながら、シュッとサングラスをつけてしまったのだろう。

しかしそう考えると、ボディガードとしてのクローバーに迫力を追加させていたのだから、ハルの判断は正しい。

（想像できすぎる……）

「で……何回か、その肋骨関係の話を聞きましたけど……。クローバーさん、なに大層なことをしたんですか？　ハルさんって、よっぽどのことがない限り人を傷つける人じゃないでしょう？」

「殺されかかったからだろう。肋骨で済んでよかった」

「殺……」

「俺はもともと、エリート一族から逃げてチンピラになった最低男で、ハルさんとトラブルになったヤクザに、あの人を殺すように命令されたんだ。で、向かって行ったのはいいけど、難なく返り討ちにされたってわけだ」

「は……い……？」

「一発、あの人の蹴りが腹に入った瞬間、『あ……俺、死ぬわ』って思った。そのくらいの迫力があって……、ヤッパもなにも役に立たなかった」

「……はい……ぃぃぃ？」

これはなにかの冗談だろうか。この待ち時間に退屈しないよう、クローバーが考え出してくれた創作話なのだろうか。

「殺されると思ったのに、……あの人、俺の胸筋が気に入ったから生かしといてやるって……」

（あ……これはハルさんだ……）

この展開のほうが冗談のようだが、そのときのハルが想像できるだけあって真実みがある。

「ボディガードにしてやるから、死ぬときは私の盾になって死ね、って。……そんなこと言うくせに、命の危険がありそうなときは、真っ先に自分が飛びこんでいくんだ。……ニューヨークで、あんたを助けたときもそうだった……」

「え……」

「簡単に追い払ったと思ってるか？　ガタイのいい男が三人。ナイフを持ってりゃ銃も持ってる。あの人の腕は知ってるけど、待機しているほうがハラハラした」

あのときは地面に頭を打ちつけられて少し朦朧としていた。ハルの日本語を聞いて意識は保ったものの、気が付けば彼に助けられていたのだ。

「今日だって、正直に言えばハルさんを一人にしておくのは危険だと感じている。……あの人、父親を手にかけるかもしれない」

その言葉が信じられなくて、杏奈は目を見開く。

「でも、繋がりを終わらせるって……」

「父親があの人を諦めないから、いつまでも縁が切れない。……父親が死ねば、その縁は切れる」

「そんな……」

確かにそうかもしれない。母親のこともあって、ハルは父親を憎んでいるだろう。

しかし、だからといって殺すなんてことは……。

「あの人は、俺の人生を変えてくれた。感謝してもしきれない。……それを、あんたに知っておいてもらいたかった……」

「どうしてわたしに……？」

直接ハルに感謝を伝えるならともかく、いや、すでに伝えているのかもしれないが、なぜ杏奈にそれを言うのだろう。

「あっ、もしかして、対抗意識とかですか？　どれだけハルさんと親密かわたしに教えて、優越感に浸るつもりですね？　そんなことやっても、わたしだって、ハルさんはわたしの人生を変えてくれた人ですよ。あんなすごくて素敵な人、もう二度と出会えないと思います。……ほんと、どうしてわたしなんかにこんな素敵な人が、って思うけど、もう、なんていうか、幸せで堪らないというか、運命の人だって思っちゃうくらいなんですっ」

「わーぁった、そういうことはハルさんに言ってやれ。三日くらいベッドから出してもらえないくらい喜ぶから」

「はわっ……」

勢いで言葉を出してしまった自分に恥ずかしさが滾る。しかしクローバーが「なーにムキになってんだよ」と言いながらクスクス笑ってくれたので、なんとなく気持ちがゆるんだ。

「……ありがとうございます」

「なにが？」

「クローバーさん、珍しくそうやっていろいろお話してくれて、わたしの緊張をやわらげようとしてくれてるのかな、って。いつもみたいにムスッと無言でいられたら、緊張で泣いているかもしれません」

助けにきてくれて、盾になってくれて、こうして一緒に人質になって杏奈が不安にならないように話をしてくれて……。

たとえそれがハルの指示だからだとしても、とても嬉しい。ハルが信頼を置いている人だからこそ、ありがたい。

「おまえは……ハルさんと生きていくんだろう？」

「え……？」

「だからこそ、俺のことも知っておいてもらいたいと思うから話した。それじゃなかったら話さない。……死なない限り、長いつきあいになるだろうから」

「クローバーさん……」

胸がジンッとする。無愛想な人だと思ったこともあるし、怖い人だとさけてしまったこともあるのに。こんなふうに、心を寄せてもらえるなんて。

しかし、ハルと生きていくんだろうと問われたということは、クローバーは杏奈をそういった立場だと思って接しているということで……。

（ハルさんと……）

ハッキリと言われたことはないが、そう考えてもいいのだろうか……。

バンッ……と大きな音をたててドアが開く。かなり乱暴だったようで、勢いよく開いたドアは跳ね返った直後、ドアが外れ床に落ちた。

何事かと目を向け、杏奈は一瞬にして血の気が引く。ニコライが眉間に青筋を立て、怒りの表情を露《あら》わに仁王立ちになっている。

憤怒のままに早口でなにかをまくし立て、何度も足を踏み鳴らす。その様子を見て、クローバーが杏奈の前に立ち彼女を庇う体勢をとった。

「終わったらしい」

「なにが……」

「ボガトフファミリーを、完全に解散させるとボスから連絡があったらしい。時代が終わったんだ。……ハルさんの勝ちだ」

「ハルさんが……」

すべてを終わらせると彼は言っていた。父親を殺して終わらせるのではと一瞬だけ不安になったが、彼は、終わらせるためにファミリーの解散を父親に選択させたのだ。

（よかった……ハルさん……）

これで彼は自由になれる。ヴィスナーの呪縛から逃れることができる。

……が、ホッとしてばかりもいられない。目の前のニコライは憤死しそうなくらい怒りに打ち震えている。

ファミリーが解散すればニコライも終わりだ。ボスの息子であったからこそ今まで好き勝手ができたし、部下もついてきたのだろう。

なにもかも部下にやらせていた男だ。力を持たない壁男。誰もついてこなくなれば先は見えている。

ニコライの陰から飛び出してきた丸メガネがナイフを構えて飛びかかってくる。その腕を掴み上げて引き寄せ、クローバーが鳩尾《みぞおち》を膝で蹴り上げた。

うめいた丸メガネの手からナイフが落ちる。鮮やかな流れだとは思うがそれをじっくり見ている余裕はない。丸メガネが飛びかかってきたのと同時に、ニコライが杏奈の胸倉を掴み引っ張ったのだ。

「きゃあっ……！」

「杏奈さん！」

なにもできなくてもこの巨体だ、力だけは異様に強い。掴まれたのは服なのに、たやすく全身引きずられ、そのままワンピースの前を引き裂かれた。

クローバーが杏奈を取り戻そうと手を伸ばす。が、遅れて現れたキツネ目が発砲し、とっさに避けたせいで体勢を崩した。

杏奈はまるでごみでも捨てるように部屋の隅へ投げ飛ばされる。外と変わらない埃だらけの床で全身を擦り、起き上がれないまま咳《せ》きこんだ。

無理やりあお向けにされ、激昂《げっこう》する巨体が手を振り上げる。この状態で殴られて気絶ですむだろうか。

（ハルさん……！）

せめて心の中で愛しい人の名を叫び、杏奈はギュッと目を閉じる。そのとき、大きな打撃音とともに押さえつけていた力が消えた。

クローバーがなんとかしてくれたのかととっさにまぶたが開く。そこに、赤い風が流れた――。

頭の中でフラッシュバックするのは、――半年前のニューヨーク。

危機に瀕《ひん》した杏奈の目に映った、レッドグラデーションの、髪……。

（風……違う……）

「……ハル……さ……」

杏奈は弾かれたように上半身を起こし、目の前に立つハルを見つめる。あのときも、この人に出会わなければ、どうなっていたかわからない。

そしてそれは、今も同じ……。

ただ違うのは、杏奈を守るために立ちはだかってくれたこの人が、惑うことなく男性なのだとわかっていること。

杏奈にとって、誰よりもなによりも、大切で愛しい人なのだということ……。

今朝と同じ美麗な黒の三つ揃えをまとった彼は、なにも不安など感じる必要はないといわんばかりに、杏奈に顔を近づける。

「間に合ってよかった」

「ハルさ……」

ハルは床に座りこむ杏奈の前に片膝をついてかがむと、クスッと微笑む。無残に引き裂かれたワンピースの前を合わせて、杏奈を叱った。

「ホントにもぅっ、あなたね、一体何回男に襲われたら気が済むのっ。危ないったらありゃしない、い～い？　もう絶対こんなことがないように、ぜぇぇぇったい、アタシのそばから離れちゃ駄目だからねっ」

「ご、ごめんなさ……」

「ずーっと、ずぅぅぅっと、ずっと、ずっと……」

アタシ口調で詰め寄っていた顔が、ふっと真顔になる。男性みのある艶が伝わってきて、ドキリと鼓動が飛び跳ねた。

「……一生、だ。わかったね、杏奈」

「一生……」

彼の言葉だけが、頭の中で反芻《はんすう》される。その意味を理解しかかるのと同時に全身が血流を上げようとした……、そのとき……。

床に伸びていたはずのニコライが、いつの間にかハルの背後に立ち彼の頭に銃口を向けていたのだ。

「ハ……！」

叫ぼうとした……。が、間に合わないのがわかる。上がりかかった血流が、血管に氷を突き刺されたかのように冷たくなった。

パシュッ……と、くぐもった音がして、杏奈は目をみはる。

銃を向けていたはずのニコライが目を大きく見開き、動きを止めたのだ。

そして、間近で感じる火薬の匂い。その原因を前に、杏奈は息を呑む。

ハルの右手にニコライと同じ銃がある。彼は自分の左脇から背後に向けて発砲したのだ。

気配だけでタイミングを図ったのだろう。弾丸は銃を持ったニコライの右手の甲をかすっていた。

銃を落としたニコライは、大声を上げて右手を押さえ、腰を抜かす。

——安心しなさい。

目で杏奈にそう告げ、ハルはゆっくりと立ち上がった。

ニコライに向き直り、彼に銃口を向けたのである。

「ハルさん！」

杏奈は驚いて立ち上がりかかる。殺そうとしているとは思いたくない。しかし、話を聞くだけでも二人は因縁が深すぎる。

殺してしまいたいくらい憎いだろう。

けれど、ハルにはそんなことをしてほしくない。

「やめて……、ハルさ……！」

そんな杏奈を、クローバーが引きとめたのである。

「クローバーさん……」

「大丈夫だ。信じろ」

彼は杏奈の腕を掴み、その場に座らせる。サングラスのないその瞳で、怖いくらいに彼女を抑えこんだ。

「信じろ、ハルさんは、決して自分を貶《おとし》めない人だ！」

「クローバーさ……」

「あんたが信じなくてどうする、ハルさんは、俺の人生を変えた人だが、あんたの人生も変えてくれた人だろう……運命の人なんだろう!?　信じてやれ……信じろ！　あの人は今、最後に自分の運命を変えようとしてるんだ！　あんたと生きていくために！」

クローバーの説得に涙が出そうになる。杏奈は震える呼吸を抑えて、ハルに目を向けた。

＊＊＊＊＊

『ニコライ』

銃を構えたまま、ハルが一歩近づく。

ニコライは「ひっ！」と声をあげて後ろ手をついた。

『……おまえは……私を、銃も持てない臆病者だと言った。……そのとおりだ。私はこんなものは持ちたくない。……怖いからだ。臆病者なんだよ。——いつ、この銃でおまえや父親を殺してしまうかと思うと、怖くて握れなかった』

静かな声を発しながら、ハルはニコライに向けて発砲する。サイレンサーのおかげで銃声はそれほど感じないが、やはり好きになれない音だ。

銃弾はニコライの足元で弾け、声を引き攣らせた巨体が慌てて足を動かし後ずさる。

『父にもらってから、ずっとケースに入れっぱなしだった。しかし、母を堕とされたとき、一発、父に向けて撃ってしまった』

よみがえる記憶。あのとき、ハルは父を殺そうと思えばできたのだ。

しかし彼は、天に一発発砲して終わった。首謀者は父ではない。それを察したからだった。

「……今日も、すべてを終わらせるために父に銃を向けた。まぁ、撃ったのは土産のロシアケーキだったが。

……おまえには、ちゃんと中《あ》ててやらないとな。なんといっても母の件がある』

再び足元に弾が飛び、また巨体が後ずさる。下がったぶんハルが近づいた。

『すべて終わらせたいんだよ。こんなものとはオサラバしたい。そのためには、これに入った弾丸、すべて使い切る必要があってね。協力してくれ、ニコライ、おまえが全弾喰らってくれれば、……すべて終わる。あと、三発だ』

『ヴィ……スナ……！』

狂暴なほどの威圧と艶でニヤリと嗤ったハルの前で、ニコライが巨体を痙攣させる。恐怖に目が血走り、滝のような汗を噴き出させ失禁した男は、まるで虫が這うように後ずさっていった。

男の手元と足元へ続けざまに二発分発砲すると、狂ったように動いた巨体が壊れていたベランダの端で手を滑らせる。

『うぎゃぁぁぁ！』

転落しかかる巨体がベランダの柵を掴む。しかし負傷した右手で掴んだせいか自分の重さに耐えられなかったのか、すぐに指が開いていった。

『ヴィスナー、助けてくれ！　謝る……今までのことは謝るから！　おまえがボスでいい！　だから、……だからあっ……！』

必死の命乞いを耳にして、ハルはふっと優しく微笑んだ。綺麗な人差し指を口元にあて……最後の忠告を愚者に与える。

『言っただろう？　終わらせたいんだよ。その名前』

最後の弾丸でニコライの腕をかすめ撃ち――。

悲鳴をあげて巨体が落下すると、ハルも銃を下ろした。

「……終わったよ……母さん……」

夜空を見上げ、一瞬、泣きそうに眉を寄せてから……。

〝ハル〟の微笑みを湛《たた》えて、大切な人間のほうを振り返った――。

＊＊＊＊

撃ち殺してしまうのではないかと思い、心臓が停まるかと思った。

ハルの姿を見つめていた杏奈は、ワンピースの胸元を握る両手に力をこめた。

直接中《あた》りはしなかったようだが、ニコライは落下していった。ここは一階ではないのだ。どうなったのかと考えるとゾッとする。

長い髪を揺らして、ハルが振り返る。

「ハルさっ……」

ドキリとしたあと、涙が出た。

彼の微笑みはいつもどおりだ。綺麗で、艶っぽくて、かっこいい……。

「ハルさん……」

ぽろぽろぽろぽろぽろ……涙がこぼれてくる。杏奈の前にかがんだハルが、彼女をキュッと抱きしめた。

「こわかったねー、こわかったねー、杏奈ぁ～、お～よしよしっ。かわいそーに、かわいそーに」

髪をわっしゃわっしゃと混ぜながら撫でられ、この仕打ちに笑いたいのに笑えない。涙ばかりがこぼれ続ける。

「ハルさ……よかった……よかったぁ……」

それしか言葉が出ない。とにかく彼が無事であったことが嬉しい。

杏奈が泣きじゃくるせいか、ハルは彼女の頭を撫で、素の彼になった。

「心配させて、ごめん」

「ハルさ……ん」

「終わらせてきた。父は組織の解散を正式に決めてくれた。……もう、無関係だ。たとえあの人が死んでも、私のところへはなんの連絡もこないだろう」

ハルは手に持っていた拳銃を見つめ、クローバーに差し出す。

「始末を」

「御意」

「弾は撃ちきった。なにも残っていないから、安心してくれ」

「心配などしていませんよ。ハルさんが、判断を違えたことなどない」

「信用してくれて、ありがとう。……四葉」

すんすん泣き続ける杏奈を撫で、ハルはスーツからハンカチを取り出して彼女の目元を拭う。そうしながらクローバーを気遣った。

「……撃たれたのかい？」

シャツの焼け焦げに気づいたのだろう。クローバーは平然と答える。

「平気です。こんなもの。もっと痛い目に遭っていますから」

「痛い目を経験させておいてよかった」

……よくない。……気がする。

そう思わずにはいられない二人の会話を聞きながら、杏奈は涙を拭ってくれるハルを見つめる。ちゃんと戻ってきてくれた。嬉しくて堪らない。

「四葉……杏奈の盾になってくれたんだね？　臨時ボーナスを出さないと駄目だな。なにがいい？」

「それならサングラスがいいです。踏まれて壊れてしまいました」

「いいね。今の四葉に似合う、もっと大人っぽいものを用意してあげるよ」

「嬉しいです」

ハルがジッとクローバーの顔を見る。「なにか？」と尋ねる彼に、くすぐったげな笑顔を見せた。

「いや、最近素顔をまじまじと見ていなかったけど……、本当にずいぶんと大人っぽい顔になったなと思って。もうサングラスはいらないんじゃないか？　その顔で睨まれたら怖いよ？」

「いいえ。同い年の人間に年下だと思われるレベルですから。まだ駄目です」

その意味にハルはすぐ気づいたようだ。気まずそうにする杏奈に目を向ける。

「……年下だと思ったのかい？」

「は……はい……、すみません……。って、ハルさん、察しがよすぎです」

「近くにいる同い年の子なんて、杏奈くらいだからね。それにしても……、クローバーが実年齢を教えるなんてっ、もぉぉぉ、いつの間にそんなに仲良くなったの、二人ともっ、妬けるなぁ」

途中からのアタシ口調。緊張感もどこかへいってしまう。杏奈はぷっと噴き出してしまった。

「クローバーさん、いろいろ教えてくれました。ハルさんに会ったきっかけとか、肋骨エピソードとサングラスのことまで」

「なーに？　お喋りしすぎでしょぉ。どんだけ仲良しになったのっ。クローバーはねぇ、秘密主義で、アタシにだって今日がブリーフなのかトランクスなのか教えてくれないコなのにぃっ」

「普通教えませんよ。って、ハルさん、そんなこと聞いてるんですかっ」

「うーうん、聞いたことない」

いきなりの全否定。茶目《ちゃめ》っ気《け》絶好調のハルに「知りたいなら教えますよ」とクローバーも苦笑いだ。そんな二人を見ていて涙も引っこんだ杏奈は、アハハと声を出して笑う。

「ハルさんと一緒にいるんだろうから、自分のことも知っておいてもらいたい、って言って話してくれたんですよ。いい人でしょう？」

「ホントにぃ～？」

嬉しそうに片手で杏奈を抱きこみ、ハルはクローバーを手招きする。彼がかがむと、ぐいっと肩を抱き寄せた。

「二人ともかーわいいなぁっ。よぉし、二人のために一生懸命稼ぐぞぉ」

「ハ、ハルさん、なんか子持ちのお父さんみたいになってますよ」

「えぇぇっ、旦那さんって言ってもらいたいな」

ウインク込みで旦那さん宣言をされるが、こんな綺麗な顔で言われると照れてしまう。

ハルは頬を熱くする杏奈のひたいや頬に、たくさんのキスを降らせる。

「ロスの家より、もっともっと大きな家を建てるんだー。――子どもが、何人いてもいいように……。大きな犬も飼いたいね……。私が仕事で帰れなくても、杏奈がさびしくないように」

温かかった頬がさらに温度を上げる。ずっと一緒にいるという話から子どもの話にまで及んでしまい、どう答えたらいいかわからない。

クローバーがハルに腕時計を示す。時間を気にしたのか、ハルはクローバーを放し、杏奈を姫抱きにして立ち上がった。

「じゃあ、そろそろ行こうか。警察も到着するころだ」

「……警察？」

「そう。銃器密売の悪いロシア人を捕まえにね。日本のヤクザ相手に、トカレフを流したんだよ。最近の話だ」

それを知っているハルが、このタイミングで警察に情報提供をしたのだろう。

「ただ、衰退したマフィアに上物なんか扱えるわけがないだろう？　全部粗悪品だったたって。取引したヤクザ連中が血眼《ちまなこ》になって探してる。そいつらに見つかるか、おとなしく警察に捕まるか、ってところ」

部下の丸メガネとキツネ目は、クローバーにやられて大の字になって伸びている。かすかにうめいているので警察がくる前に目を覚まして逃げていくかもしれないが、逃げても、騙したソノ筋の人たちに捕まる可能性が高い。

どちらにしても、ただでは済まないだろう。

「あの……壁の人は……」

名前で言えばよかったのかもしれないが、つい頭にある呼びかたをしてしまった。ハルはクスッと笑ってくれたが、この高さから落下したのだから無傷ではないと思う。

「あいつなら、すぐ下の階のベランダに運よく引っかかって気絶してる。まあ、すぐに動けたならもう逃げているかもね。――逃げ切れたら、だけど」

もし逃げても、もうひとつの危険が待っている。

逃げても、ここにとどまっていても、運よくロシアへ帰れたとしても。……先はない。

階段を下りながら、ハルは沈んだ声で淡々と説明をしてくれた。

「あいつは、私に嫌がらせをしたいだけのくだらない理由で……母を手にかけた。父はずっとそれを庇っていたんだ。……あんな男でも、自分の息子だし……。このことがあるから、毎年私と会って組織を託す話し合いができるのだと思ったら、なかなか本当のことは言えなかったんだろう。……今回で終わりにすることで、すべてが明らかになった。父の気持ちも確認できたし、……スッキリした」

そう話す彼の表情は、どこかさびしげで、つらそうだ。

憎んでいる口ぶりではあっても、ハルは、もともとは父親が好きだったのではないかと感じて胸が痛い。

杏奈はハルの頭に手を回し、慰めるように彼の頬に唇をつけた。

『兵藤ちゃん！　大丈夫だった⁉　心配したんだよ！』

マンションに帰る途中で会社に連絡を入れると、いの一番で明菜が応答した。

珍客騒ぎは会社中に広まっており、男性同僚たちが杏奈の伝言をオフィスにとおしたが、彼女の仕事内容をよく知る明菜が、杏奈の受け持つクライアントにそんな関係者はいないと主張していたらしく、あと三十分連絡が遅かったら警察に通報する予定だったという。

とりあえず問題は解決したことと直帰する旨を伝え、杏奈はハルとともにマンションへ戻ったのである。

クローバーは、いつものように杏奈お気に入りのプロムナード前で車を停めてくれた。降りる際、改めて彼にお礼を言う。

「本当に、ありがとうございました。――これからも、よろしくお願いします」

そういった意味を、彼は悟ってくれたのだろう。

「こちらこそ」

と、口元を微笑ませてくれたのだが、サングラスがないせいか目元までハッキリと確認できる。初めて、彼の笑顔を見た気がして、……嬉しかった。

同じ年だし、仲良くなれそう。……と杏奈は思うが、クローバーがどう思ってくれているかは、謎である。

プロムナードを二人で歩いたのはいいが、なにせ杏奈はワンピースを引き裂かれているし、廃マンションの床のおかげで薄汚れている。

ハルの上着を借りて服のほうは隠せたが、出迎えてくれたコンシェルジュがどこかで転んで怪我をしたのではないかと心配し、ごまかすのに苦労した。

そして、杏奈の汚れ具合を心配したのはハルだけではない。

「アタシの杏奈にあんな奴がさわったなんて、冗談じゃないッ‼　はぁ？　腕だけ？　さわったことには変わりがないよ！」

力説したハルは、部屋に入った早々に杏奈を連れてバスルームへ飛びこみ……。

「隅々まで洗ってあげるからねぇ」

……と、一緒に入浴を決めこんだのである……。

「……ハ……ハルさん？」

「なにぃ～？」

「あの……洗わないんですか……」

「ん～、もうちょっとぉ～」

バスタブの中で杏奈を抱き締め、ハルは動かない。彼女の髪に頬擦《ほおず》りして背中を撫で、うっとりと吐息する。

「杏奈の肌は、ほんっと、もっちもちで気持ちいい――」

「そ……そうですか？」

「お湯に入ると温まるから、つきたてのお餅みたい」

「お餅って……ひゃんっ」

びくんと身体が跳びはねる。ハルがお尻を手のひらで大きく包んで握ったのだ。

「ハ……ハルさぁん……」

「なぁに？　かわいい声出しちゃって」

杏奈とくっついているからか、それとも自分を縛りつけていた厄介事が片づいたせいか、ハルはご機嫌である。

気分だけではなく全身がご機嫌らしく、正面から抱き合っているせいで絶好調な熱い塊がお腹に当たり……照れくさい。

おまけにハルの吐息や手の動きがいちいち扇情的で、全身がゾクゾクしっぱなしだ。

「あ……あの……洗わない……んですかっ」

これ以上撫でまわされるのは耐えられない。逃げの一手のつもりで口に出したのに、ハルは目を見開いてキョトンッとした。

（……なに、ヘンなこと言った……？）

「杏奈ってば、そんなに早くあっちこっちさわってほしいの？　もー、えっちだなぁ」

「ちっ、違っ、だって、お風呂にきたってことは、洗って綺麗にするのが目的なんだろうと思うから……」

入浴に至った経緯から考えればハルが杏奈にさわりたかったんだ、と思えるのに、これでは杏奈がさわってほしかったから入浴していた、みたいになってしまう。

「もっちろん。どこまでもどこまでも綺麗にしてアゲルっ」

杏奈を抱き上げ、ハルが勢いよく立ち上がる。バスタブから出ると彼女を壁側に立たせた。

「待っててねぇ、洗ってあげるから」

鼻歌でも出そうなくらいご機嫌な口調でソープを泡立て、杏奈の肌にのせていく。それでどんどん全身を包んでいった。

「ハルさん～」

「なに？」

「……どうして、ここなんですか……」

「え？　バスタブの中で洗いたかった？」

「そうじゃなくて……」

わかってる。彼は絶対に杏奈が質問した意味を理解している。杏奈が恥ずかしがるのを狙っているのだ。

「……見えるんですけど……」

目の前には、全身、とまではいかなくとも、ほぼ全身が写る大きさの鏡がある。その前に立たされているのだ。否が応でも撫でまわされる自分の身体が見えてしまう。

「見えたほうがいいかな、って思ったんだけど？　なにをされているのかわかるから」

「見なくてもわかりますよ」

とはいえ、目で見ているとおかしなもので、ただされている以上に刺激的だ。

「あっ……」

しっとりと背中を撫でている手が、前に回ってこようとしているのがわかる。腹部までできたと思ったらすぐ背中へ戻り、なかなか前に定着しない。塗りつけた泡が胸の先から垂れていくが、それも放置され、なんとも……もどかしい……。

「……ハルさん……」

「なに？」

彼は涼しい顔で杏奈の身体に泡を広げていく。両腕を撫で指を絡めて、指股まで丁寧にこすった。

「ンッ……」

両肢まで泡が下がっても、やはり太腿の上にはさわらず、意識して肝心な場所を避けているように思えた。

もしかして……。意地悪をして焦らしているのではなく、今さわったらハル自身が耐えられなくなると思って、わざと避けているのでは……。

（ハルさんってば……、意地悪してこんな所に立たせるから……）

杏奈はちょっとだけ悪戯心《いたずらごころ》を出し、軽く振り向いてハルと視線を合わせた。

「ハルさん……ここは？」

ちょっと恥ずかしげに胸を指さす。彼のことだ、きっとはにかんで微笑んでから「あとでね」と言ってくれるに違いない。

（……と、思っていた時期が……わたしにもありました……）

直後……思わず心で語らずにはいられなくなる。

なんと彼は、ご期待に応えましてと言わんばかりに杏奈の乳房を大きく掴み上げたのである。

「杏奈ってば、そんなにあからさまに揉んでほしかったの？　ごめんね、焦らしちゃって」

「えっ、ぃえ、そのっ、あっ……ハルさっ……」

柔らかなふくらみが、ぐにゅっぐにゅっと揉み崩される……のが、ハッキリと見える。指のあいだからこぼれ落ちそうなほどに柔肉を揉みこまれ、その形を変えて視覚から官能を挑発してきた。

「あっ……やだぁ……アンッ」

「ほんっと、さわり心地最高。杏奈のおっぱい揉んでるだけでイけそう」

「や、やだぁ……大げさ……あっぁ」

「そんなことない」

乳頭をつままれ……るのかと思えば指がつるっと滑り。いや、つまむふりをして滑らせているのだ。それを何度も繰り返し乳首を擦りたてられた。

「ンッ……や、ァン……」

「ほら杏奈、見える？　すっごく気持ちよさそう」

持ち上げた乳房の先を指で擦りたてながら、ハルは鏡に映る杏奈に問いかけてきた。どうしても正面を見てしまい、自分の痴態に挑発される。

真っ白な泡に包まれる乳房は本当にマシュマロのようで、そこから覗く赤い突起が彼の指でもてあそばれて尖り勃っている。

口で言わなくとも、気持ちよくて堪らないと、身体が語っていた。

「ぁ、ぅん……ハルさぁん……」

「うん？　杏奈の顔も気持ちよさそうだね。かわいいよ」

口調がおだやかで、私口調が混じっている。ゾクゾクするあまり身悶えすると、ハルの片手が太腿のあいだに滑りこんできた。

きっちり閉じていたはずだったが、泡のせいで滑りがいい。難なく絶妙なあわいに入りこんだ指が、泡とは違う泥濘《ぬかるみ》を掻き交ぜた。

「ココも、ぬるぬる」

「ぁ……ウンッ、やぁん……」

「そんなに気持ちよさそうにされると、堪らないな」

両手を取られ、目の前の鏡につかされた。わずかに腰を引かれ、彼に従って両脚が開く。

「あっ……！」

脚のあいだにぬるっとしたものが撫でつけられ、腰が震える。身をかがめたハルが、秘裂を咥えこむように唇をつけたのだ。

「ハ……ル、さっ……ダメっ、あンッ、泡、ついて……」

「ココにはついてない。杏奈の愛液でぬるぬるしているだけ」

じゅるじゅるじゅるっと吸いたてられ、その快事《かいじ》に腰が抜けそう。

膝が震え、腰を沈めたくなるのを必死に耐える。きっと今の自分はつらい顔をしているだろうと思ったのに、鏡に映るのは快感に歪《ゆが》む切なげな顔。

「やぁん……」

それが妙に淫靡で、不覚にも官能が昂ぶる。腰が揺れ、それを合図にしたかのようにハルの指が秘珠を押し潰した。

「あああんっ……やぁっ――――！」

腹部が波打ち、膣口がきゅうっと締まるのがわかる。鏡についた手をグッと握って官能の破裂に耐えるが、その顔がまたいやらしい。杏奈は横を向いて鏡の自分から目をそらした。

「ハル……さぁん……」

「本当に杏奈は気持ちがいい……。すぐに挿れたいくらいだ」

陰部から唇を離し、胸を絞るように揉んでから手を背中へ回す。快感で上半身がいっぱいになると、お尻のあいだに熱く硬い鋼《はがね》が擦りつけられた。

「あぁ、もう、やっぱりバスルームにもゴムを置いておくべきだった」

聞えよがしのじれったい声。お尻の谷間でずるずる滑る熱塊が全身を煽っていく。

「……このまま……挿《い》れちゃおうかな……」

「ハ……ハルさ……ァン……」

「挿れちゃってもいい？　杏奈っ」

悪戯っ子がおねだりをする。駄目と言われるのを期待しているのがわかる声だ。

杏奈の身体をいやらしい疼きで埋めていきながら、彼女が快感に抗って心にもない否定をするのを待っている。

「ハルさん……あっ、ンッん……」

意地悪されているのはわかっている。けれど杏奈は、振り向きながら片手をお尻にあてる。泡で滑ったふりをして、悪戯をする熱棒に触れた。

「いい……ですよ……」

「杏奈……？」

「だって……ハルさん……、大きなお家、建ててくれるんでしょう……？　子どもが何人いてもいいくらい……、わたしが寂しくないように……わんこも飼ってくれるんでしょう……？　一生……そばにいてもいいんでしょう……？」

指先に触れるそれを、掻くように撫でる。わずかにピクッと震えた気がして、杏奈はそろりと視線を上げてハルを見た。

「だから……ハルさんなら、いいんです……」

ハルがわずかに眉を寄せ、目を大きくする。予想外の反応だったかもしれないが、正直な気持ちだ。

彼が言ってくれた。一生、自分のそばにいろ、と。

杏奈を見つめたまま、ハルがシャワーを降らせ、全身にまとわりついていた泡をすべて流す。彼女を姫抱きにして、速足にバスルームを出た。

「ハルさん、タオル……」

「拭いている余裕がない」

真剣な口調にドキリとする。濡れた身体のままベッドへ寝かされ、ハルが覆いかぶさってきた。

「――今まで生きてきた中で、最高にゾクゾクした……」

はにかむ微笑みは最高に綺麗なのに、……もう絶対、男性にしか見えない。

杏奈を愛してくれる、最愛の人。

見つめ合う二人を包みこむように垂れ落ちる、ハルのレッドグラデーション。濡れると、赤みがかったブラウンのようにも見える。

杏奈は両手で、軽くその髪を掴む。

「……こうやって……、この髪に囲まれるのが好き……。ハルさんが最高に綺麗で……わたしもゾクゾクする……」

「杏奈のほうが綺麗だ」

唇が重なってくる。優しく下唇を食まれているうちに、膝を立てられ、腿を開かれる。

「ハルさんの髪、もともとは何色なんですか？」

「茶色だよ。……髪は、父親譲りだったから……」

それだから、まったく違う赤に染めていたのだろうか。そんなことをチラリと思うが、杏奈は微笑んで提案した。

「茶色のグラデーションも似合いそうです」

「そう？」

「はい。なんとなく、新生ハルさん、みたいで、いいかも」

「前向きに検討いたします」

かしこまった返答と共に唇が重なり……。なにもまとわない彼自身が、柔らかな蜜路の形を変えはじめた。

「ンッ……ぅ……」

ズズズ……っと、熱《いき》り勃ったものが進んでくる。そのままの彼なんだと意識しているせいか、いつもより熱量がすごくて全身が燃えてしまいそう。

「あっ……ふ、熱ぃ……あぁ……」

息を荒くする唇を解放し、ハルが杏奈を不安げに見つめる。

「ヘンな感じ?」

初めて胎内にそのままの彼が入ってきている。それを考えると、皮膚という皮膚、毛穴まで興奮して、身震いが止まらない。

「ハル……さん……、気持ちぃぃ……もっと、ハルさんで……いっぱいにして……」

この愉悦をもらえるのは杏奈の特権だ。そう思うと堪らない。

身体が求めるままに言葉を出すと、ハルがググッと奥まで挿入してきた。

「あぁっ……!」

「杏奈のナカも、気持ちいいよ」

「ぁあン……ハルさ……好きぃ……」

リズミカルに蜜窟を穿たれ、すぐにめくるめく愉悦にとらわれる。彼の熱さをもっと欲しくて、両脚を腰に巻きつけた。

「あ……ぁあっ、きもちぃ……ぅうンッ……!」

「杏奈を見ていたらわかる。とても気持ちよさそうだ。嬉しいな」

「ホントに……あぁぁん……!」

「杏奈が感じてくれるのが、とても嬉しいんだよ」

「ぁっ、あ、ハルさっ……もっとぉ……」

「いいよ。欲しいだけあげる。……私の全部、杏奈のものだ」

熱杭の出入りが強くなる。肌がぶつかる音が大きく響き、強く突きこまれるたびにベッドとともに身体を揺さぶられた。

「あっふぅ……フゥ……ンッ、激しっ……ぁぁ、イイっ……！」

「ずいぶんと気持ちよさそうだ。すごく引きこまれる……」

「ンッ……ん、だって、ハルさん……そのまま、だから……熱い……ああっ！」

切っ先が内奥をえぐり、さらに押しつけられる。全身に飛び散る甘い電流に甘電して、杏奈は腰を浮かせ悶えあがりながら達した。

「あああっ……やっ、ンッ、痺れっ……あぁっ――――！」

すかさずハルが膝立ちになると、彼の腰に巻きつけている脚ごと腰が高く上がる。握っていた髪が手から離れ、杏奈はその手で自分の腿を押さえた。

「あっ、ハァ……ぁ、オク……あっぁ」

「オクまで欲しいの？　いくらでもあげるって」

「あぁん……！」

鋼の剛直がガツンガツンと突きこんでくる。激しさに官能が悶え狂うも、胎内ではこの狂暴なまでの快感をもっと欲しいと彼を引きこみ、しっかりと締めつけた。

「杏奈が……悦んでる……」

「あぁっ……ハルさん、ダメェっ……またイっちゃ……」

この快感はどこまで大きくなるのだろう。それを考えると怖い。それでも、この人を求めずにはいられない。

「あっ……好き……もっと、シて……」

「杏奈……」

「もっと……ハルさん……、感じた、い……んっ、あっ……！」

「ちゃんといっぱい入ってるよ……ほら」

太腿を押さえていた手をとられ、繋がっている部分へ持っていかれる。ぬらにらとした泥濘《でいねい》の中で、熱い屹立《きつりつ》が出挿りしているのを感じる。指先に触れるソレは、休みなく杏奈を刺し貫いていた。

「あっ、あぁ、いっぱい……んんっ！」

「いっぱいだ、私も、杏奈を感じて気持ちがいい」

片手で乳房を掴まれ、左右交互に揉みたてられる。形のいい手が柔餅をこね、赤い突起をつまみ上げた。

面白いように両手でこね回される。遊ばれているようで、気持ちいいけれど、くすぐったい。

「ぁぁあっ、胸ぇ……ダメェ……！」

「ああ、ごめん、杏奈はどこをさわっても気持ちがいいから……。どうしようって思うくらい」

「ンッ……ん、うれしい……」

ハルの律動に合わせて腰を揺らすと、受け身だけではない自分を感じる。彼と一緒に、快感を共有しているのが実感できた。

「ハルさんと……こうやって繋がれるの……、すごく嬉しい……」

「私もだよ」

ハルの抽送がより激しくなっていく。愛液が攪拌《かくはん》され泡玉になって飛び散る。濫りがわしい音をたて、杏奈の嬌声と混じりあった。

「あぁぁ……ダメェ、ダメ、もう、イ、クっ……ああっ――――！」

胎内でなにかが弾けた瞬間、圧倒的な快楽にとらわれる。一瞬全身が引き攣るように固まったあと脱力すると、ハルが腰を下ろしてくれた。

「杏奈はほんと、気持ちよくイってくれるね」

唇を重ねて乱れた吐息を掻き混ぜる。嚥下《えんげ》する気力が回らない唾液が二人のあいだで糸を引くと、悦楽でぼんやりした視界に銀糸のきらめきとハルの髪が強烈に映りこんだ。

「ハルさん……綺麗……」

「なに？」

「こうやって見上げたときのハルさん……すごく好き……。綺麗で……かっこよくて、すっごくエッチなんだ……」

「ふうん……」

ハルが軽く覆いかぶさり、杏奈の身体に両腕を回す。……と。

「上にきて、杏奈」

言うより早く、杏奈を抱き締めたままハルがコロンっと反転する。

ハルの上に杏奈が覆いかぶさるという、いつもとは反対の体勢になってしまい戸惑いが走った。

自分の下にハルがいる。いつもは上から垂れさがるレッドグラデーションが、今は無造作に白いシーツに広がって……。

（綺麗……）

どうしよう。どうしたって、見惚れてしまう。

「そうか、これがいつも杏奈が見ている光景なんだ？　いいね。上から見おろされると、うっとりする」

「う……うっとりするのはこっちです……。ハルさん、ずるい……」

「ずるい？」

「……下になっても、綺麗だから……」

杏奈はシーツに広がる髪をひと房手に取り、頬につける。汗ばんだ肌から移った湿り気がしっとりと手に落ちてくるそれを、愛しげに握った。

「誰にも見せたくない……こんなハルさん……」

「杏奈しか見ないよ」

扇情的な瞳で見つめられ、心臓が爆発しそうになる。頭を引き寄せられて唇が重なった。

「杏奈は……私のものだろう？　杏奈のすべて、これからの人生ひっくるめて、私のものだ……」

「ハルさん……」

ただでさえ絶頂の余韻で全身が恍惚としているのに、彼の言葉でまた夢心地になる。助けにきてくれたときの言葉を思いだして、その意味を悟っていいものか戸惑いが生まれた。

「……わたし……なんかで、いいんですか？」

「杏奈がいい」

断言され、胸の奥がきゅうっと締めつけられる。

情熱的な深い蒼が杏奈を見つめ、脳髄まで彼に凌駕《りょうが》された。

「杏奈は、ずっと私といたいと言ってくれただろう？　私もだよ。特別な人間は作らないと決めていた私に、それを打ち破るだけの気持ちをくれた。私は、これからの人生、恩田ハルとして……杏奈と歩みたい……」

「ハルさん……」

「杏奈は、私でいい？」

なんてことを言うんだろう。

クスリ……と、笑いが漏れる。

――この人を、否定などできるはずがないのに……。

「ハルさんじゃなくちゃ、いやです」

「杏奈……」

「大好きです……、ハルさん……」

手に握っていたハルの髪を胸にあてる。彼の胸に抱きよせられ、背中を撫でられた。

「愛してるよ、杏奈」

幸せな言葉に胸が陶酔する。……が……。

「で――も――ねぇぇぇ――」

いきなりの……アタシ口調、らしきものにハッとしたとき、背中に回っていた両手がお尻の双丘を鷲掴みにし、淫路で待機していた怒張がグイッとえぐりこんできた。

「あぁぁんっ……！」

「も～ぉ、なーにが、わたしなんかでいいですか、よぉっ。杏奈しかいないに決まってるでしょう！」

「ハ……ハルさっ……あぁぁ、ちょっ……！」

ガツンガツンと内奥を穿たれ、絶頂の余韻に浸っていた官能が慌てふためく。尻肉を五指で揉み弾かれ、つま先まで甘い電流が走りまくった。

「ぅんん、ぁっ、や、あぁん、ハルさぁん……！」

「もーぉ、さっさとプロポーズして一緒にイっちゃおうと思ってたのにっ、わたしでいい、とか、ハルさんじゃなくちゃいや、とか、大好き、とか、かわいいったらありゃしないっ」

「あ……怒ってるのか、なんなんだか、わからな……あぁンッ、やぁん……！」

「喜んでんに決まってんでしょうっ。もぉ――、今夜どころか明日も一日中ベッドから出してあげないんだからぁ。大好きっ、杏奈ぁっ」

考えてみれば、杏奈が達していてもハルはまだだった。話で中断されてしまったのだから、焦れてしまうのは仕方がない。

……に、しても……。

「杏奈の馬鹿っ、かわいいっ、もう、大好きっ！」

快感に気持ちを持っていかれているのでそんなに気にならないが、こんなハルに愛されてわけがわからなくなっていくなんて、あとで考えると笑いだしてしまいそうな状態かもしれない。

「ハルさんのバカァっ、私のほうが大好きなんだからぁぁっ、ぁっ、アンッ！」

対抗すれば、ハルの突きこみが激しくなり、あっという間に絶頂へと引っ張り上げられた。

「アぁぁンッ……やぁっン、好きぃ……ああっ――――！」

甘美すぎる快楽が弾け、大きく下肢が痙攣する。息を詰まらせてうめいたハルが深いところで止まると、初めて胎内で飛沫《しぶき》上がる熱さに全身が痺れ……。

杏奈は、その感覚に陶酔する。

ハルが余韻を作るように細かく動く。乱れる息が二人を包み、見つめ合い、唇を重ねた。

吐息も、熱も、肌の感触さえ、すべてがひとつに溶けこんでいく。

「愛してるよ……杏奈」

幸せな言葉も、全身に沁みわたっていった……。

エピローグ

ハルとの結婚が決まった。

挙式は来年年明け。ロサンゼルスで執り行われる。

杏奈は引き継ぎや後始末を兼ねて、秋まで今の会社で仕事を続ける。そのあいだに、送別会を兼ねて結婚のお祝いもしてくれるらしい。

杏奈の寿退社《ことぶき》をひときわ喜んでくれたのは、誰あろう明菜である。

「よかったねぇ、兵藤ちゃん、よかったねっ、おめでとう〜！」

彼女はずっと杏奈を心配していてくれた。年齢的には歳の離れた姉のような立場ではあるが、まるで母親のように杏奈を抱きしめ、嬉し泣きをしながら祝福してくれたのである。

母親といえば、忘れてはいけないのが杏奈の実母だ。

サバサバした人だし、「よかったねぇ、いやぁ、どっちが花嫁さんだかわかんない旦那さんだ！」などと少々失礼なことを言いながら大笑いするのではないかと思っていた。

だが、二人で挨拶に行った祖母の家で、母はキッチリと正座をし、指をそろえてハルに頭を下げたのである。

「恩田さん。杏奈を、どうぞよろしくお願いします。……あたしは、この子をちっとも幸せになんかしてあげられなかった。杏奈が自分で見つけた幸せだ。これ以上のものはないです。いい子なんですよ。ほんと、どうしてあたしの所になんか生まれてきちゃったんだろうって思うくらいいい子なんです」

こんな母は、初めて見た。杏奈は母の真正面で同じように頭を下げた。

「お母さんの子どもで、幸せですよ」

そうして、母と一緒に泣きながら笑ったのである。

――そしてもう一人。忘れてはいけない母親がいる。

サンタモニカの別荘で療養している、ハルの母だ。

夏季休暇を使い、杏奈はハルとともにサンタモニカを訪れた。

療養という名の、……残された時間をただすごすだけの日々。

ハルの母はやせ細っていたが、それでも昔はどれほどの美人だったのだろうと思えるほど目鼻立ちの整った人だった。

車いすから動けず、言葉も出ない。視線は宙を見つめたまま。意思の疎通はできないという。

それでも杏奈は、細く弱々しい手を握り話しかけた。

「よろしくお願いします。お母さん」

ハルの母は、なにも答えない。

それでも……目元がほんの少しなごんだように見えた。

……まぶしすぎた、夏の木洩れ日《こもび》のせいだったのかもしれないけれど……。

――そして……。

「あー、いーわ、いーわ、かわいー、かわいー、ちょっとぉ、なんなの、このかわいい生き物っ。この世のものじゃないよ」

……この世のものです……。

同室で待機するブライダルプランナーと専属デザイナーが微笑ましげに笑うなか、杏奈一人が少々恥ずかしい。というか照れくさい。

「もー、杏奈っ、なに着てもかわいいよ！　ねー、ヤバイ、ヤバイ、こんなかわいい子、人前に出したら持っていかれちゃうよ、どうしよう！　なーんてね、アタシから盗《と》れるもんなら盗ってみなさい、って感じなんだけどー！」

「そんな命知らず、いませんよ」

「そうだねー、クローバー」

アハハと笑って、ハルは横に控えるクローバーの背中をバンバン叩く。興奮状態のせいか少々力が入っていたらしく、さすがのクローバーもちょっと前かがみになった。

「もぉ、大げさですよ、ハルさん」

ブライダルサロンの賓客室《ひんきゃく》。杏奈はウエディングドレスの試着中である。

シルエットごとにデザインを変えて試着しているのだが、着るたびにハルの大絶賛が飛んでくる。

褒めてもらえるのは嬉しい。嬉しい……のだが。

（ハルさんみたいな美人さんに褒められると、よけいに照れちゃうんだよなぁ）

恥ずかしい理由は、ハルがハシャギすぎているせいではない。彼に褒められすぎているせいだ。

「でもさ、杏奈は背中がすごく綺麗なんだから、こう背中が出たドレスがいいんじゃないかな？」

今試着しているのは、プリンセスラインのドレス。肩は出るが背中はそれほど出ない。ハルは杏奈の周りを一周して目の前に立ち、彼女の両頬に手をあてた。

「アタシのかわいい杏奈だもん。さいっこうにかわいい姿、みんなに見せびらかしてやるっ」

「ハルさん……」

「あー、でも、アレだね。やっぱ、もったいないかな～。かわいすぎだぞ、杏奈っ」

「そんな……、きっとハルさんのほうが似合いますよ」

冗談半分本気半分口にする。笑い飛ばしてくれるだろうと思ったのだが……。

「そう？　じゃあ、二人で仲良くおそろいのドレス着ようか？」

「だ、駄目っ、綺麗でかわいいハルさんは、他の人が見ちゃ駄目なのっ」

同じような理由でムキになると、ハルは笑って杏奈を高く持ち上げた。

「かわいい私の杏奈。愛してるよ」

腕を伸ばせばハルが抱きしめてくれる。彼の腕の中で、杏奈はこの幸せに酩酊《めいてい》した。

「……あーあ、今日も進まない……。結婚式に間に合いませんよ……」

クローバーのボヤキが聞こえた……ような気がするが……。

幸せだから、よしとする。

あとがき

女性だと思っていた人が実は男性だったら……。

普通は驚くし、場合によってはショックだったり恥ずかしかったりするだろうなと思います。

が、杏奈はそれをいい方向に変えてしまいました。

窮地を救って癒しをくれた彼女が忘れられず、いつか彼女から連絡がもらえるかもしれないという儚《はかな》い望みを抱いて、最悪な上司のもとで働き続けてしまう。

杏奈の両腕を掴んでガクガク揺さぶりながら「さっさと辞めなよ、そんな会社！」と言いたくなるくらいひどいことをされているのに、さらに耐えてしまうんですね。それだけ、杏奈はハルに会いたかったんです。

美人、という言葉は、女性にも男性にも使える言葉だと思っています。顔も心も〝美人〟で素敵な人って、心に残りますよね。

杏奈は、そんな人に出会って心を鷲掴みにされてしまったんです。

そばにいると明るい気持ちになれて癒されて、おまけに美人で強くて頼りになる。

もう、最強じゃないですか！　強い美人、好きです！

ハルは、もう、書いていて楽しかったですね。アタシ口調もさることながら、素になったとき、そして家族（ネタバレになるので、あえてこの書き方にします）と対峙するシーンの二面性。めったに、というか、たぶん書きたくてもなかなかご許可をいただけない属性のヒーローだと思います（私の場合ですよ）。

それを、今回書くきっかけをくださった担当様をはじめとした編集部様には、感謝しかありません。

他作品二作で脇を飾ったハルですが、今回そんな彼の脇を飾ったのがクローバーです。

私の中で、彼は今回のMVPですよ。よくやった！　としか言いようがない。彼の周辺にもいろいろと仕掛け設定があるので、そのうち仕掛けのどれかを書けたらいいなと思います。

お気に入りヒーローになりましたハルですが、美人設定の彼をより美人にしてくださいましたのが八千代ハル先生です（同じお名前、恐縮です！）。超絶素敵な美人男子ハルさんを、ありがとうございました！

本書にかかわってくださいました皆様、いつも励ましてくれるお友だち、書く元気をくれる大好きな家族に。そしてなにより、本書をお手に取ってくださいましたあなたに、最大級の感謝を。

ありがとうございました。また、お目にかかれますことを願って——。

心落ち着かない日々が続くなか、幸せな物語が少しでも皆様の癒しになれますように。

玉紀　直

ガブリエラブックスをお買い上げいただきありがとうございます。
玉紀 直先生・八千代ハル先生へのファンレターはこちらへお送りください。

〒110-0016　東京都台東区台東4-27-5（株）メディアソフト
ガブリエラブックス編集部気付 玉紀 直先生／八千代ハル先生 宛

gabriella books

MGB-028

シークレット・プレジデント
麗しのVIPに溺愛されてます

2021年5月15日 第1刷発行

著　者　玉紀《たまき》 直《なお》

装　画　八千代《やちよ》ハル

発行人　日向晶

発　行　株式会社メディアソフト
〒110-0016
東京都台東区台東4-27-5
TEL：03-5688-7559　FAX：03-5688-3512
http://www.media-soft.biz/

発　売　株式会社三交社
〒110-0016
東京都台東区台東4-20-9 大仙柴田ビル2階
TEL：03-5826-4424　FAX：03-5826-4425
http://www.sanko-sha.com/

印　刷　中央精版印刷株式会社

フォーマットデザイン　小石川ふに（deconeco）

装　丁　齊藤陽子（CoCo.Design）

ISBN 978-4-8155-4049-4

本作品はフィクションであり、実在の人物・団体・地名とは一切関係ありません。